雪代教授の怪異学

魔を視る青年と六角屋敷の謎

にかいどう青

ポプラ文庫ピュアフル

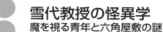

雪代教授の怪異学

魔を視る青年と六角屋敷の謎

PROFESSOR YUKISHIRO'S MYSTERIOUS SCIENCE

黒い夏のうたかた③

五年前のひどく蒸し暑い七月、宇佐見椎奈《うさみしいな》は中学二年生だった――。


「はじめまして。わたしは雪代宗司《ゆきしろそうじ》といいます」

子ども相手にもかかわらず、そのひとは丁寧な口調で話しかけてきた。

「椎奈くんのお母さまに頼まれて来ました。どうぞよろしくお願いします」

優しく、穏やかで、けれど、どこか冷たい声をしていた。この声で「ビルの屋上から飛びおりなさい」とささやかれれば、心が弱っている者なら実行してしまいそうだ、と、なぜかそんなことを椎奈は思った。

「すみません。ノックをしても返事がなかったものですから、入室許可をいただいたものと判断しました。それにしてもこの部屋は暑いですね。窓を開けませんか？　熱中症になったらたいへんだ」

椎奈が返事をしないと、相手もまた口を閉ざし、沈黙が生まれた。

そこは椎奈の自室だった。遮光《しゃこう》カーテンを閉めきり、冷房もつけず、物が散乱していた。洗濯していない衣類に、中身の残ったペットボトル。粘着テープで覆われた鏡。

破られたアイドルのポスター。

かすかにセミの鳴き声が聞こえていた。

そんな部屋の片隅で、椎奈は汗に濡れながら、折り曲げた膝に顔を埋め、まぶたをきつく閉じて小さくなっていた。

そのひとの顔を見たくなかった。だれの顔も見るわけにはいかなかった。

椎奈が自分自身を部屋に閉じこめて、すでに二週間が経過していた。

ふいに衣擦れの音がした。そのひとが近づいて来るのを察して、全身に力がこもった。そのひとからはシナモンのような香りがした。

「そう身構えないでください。わたしはこういうことに関して少々くわしい家に生まれました。ですから椎奈くんのお力になれると思うのです」

こういうこと？　と、椎奈が心のなかでくり返すと、まるでそれが聞こえたかのように、彼は答えた。

「ケガレを浄化したり。異形《いぎょう》のモノを祓《はら》ったり。およそ非科学的なやつですよ」

汗が噴き出た。ケガレ？　イギョウノモノ？　なにを言っているのだろう……？

そのひとが「椎奈くん」と呼びかけてきた。

優しく、穏やかで、けれど、どこか冷たいその声で。

「わたしに、あなたを助けさせていただけませんか？」

ネット記事より引用（一年前の六月一五日）

14日午前7時ごろ、神奈川県S市のW川沿いを歩いていた男性から「ひとのようなものが浮いている」と警察に通報があった。T警察署の署員が現場に向かったところ身元不明の男性の遺体が発見された。遺体は腐敗《ふはい》が進んでおり、首に紐のようなもので絞められた痕が残っていた。所持品はなく、署は身元の特定を急いでいる。男性は身長約170センチ。やせ型で、グレイの上着に紺色のジーンズを着用していた。

左目の世界

『――レポートの提出期限は九日の一七時までなので忘れないように。以上』

一・五倍速で視聴した『宣伝文研究①』のオンデマンド講義がおわり、椎奈はぐっと伸びをする。その直後にくしゃみが出て、腰かけていたイスが、ぎっ、と音を立てた。

かすかに左目が痛み、椎奈はまぶたをこする。

文学部棟三階にあるコンピュータールームBは四〇台のパソコンが用意されているものの、現在の利用者は自分を含めても七人だけだった。

前方のホワイトボードに記された予定表によれば、この教室は午後から中国語の授業で使われるようだ。ボードの下のほうにだれかが残した〝かわいいコックさん〟の落書きがある。

壁の時計を見あげると一一時二〇分だった。椎奈はリュックにルーズリーフとペンをしまい、パソコンの電源を落とす。忘れ物がないかをチェックして、ホワイトボードの前へ移動した。ポケットからスマートフォンを出し、どことなく愛嬌《あいきょう》のある〝かわいいコックさん〟を写真に収める。

そうして一度、室内をふり返った。いつの間にか利用者の数が五人に減っていた。それとともに左目の痛みも消えている。

コックさんの写真をSNSに投稿し、コンピュータールームをあとにする。

「ユキ先生、お昼食べました？」

ノックに返事がないのはいつものこと、研究室のドアを開くと雪代宗司がデスクに突っ伏して寝ていた。柄ものの派手なシャツを着ている。今年で三九歳ということだけれど、髪はすでに真っ白だ。

かたわらの灰皿に細身のタバコが置いてあって、薄青い煙とともに、シナモンに似た香りをただよわせていた。実際にはタバコの葉を巻いたものではないらしいけれど、ではなんなのかと訊かれても椎奈には答えられない。

知っているのは、この煙には余計なモノを分散させる効果がある、ということだけだ。しめ縄がその内側を聖域化して不浄のモノを拒むように、煙の届く範囲を結界とすることができる、とかなんとか。宗司は邪気祓《じゃき》い《こう》の香と呼んでいる。

しかし大学構内は全館禁煙だ。警報機が鳴りかねない。

椎奈はため息をつき、香の火を消した。窓を開け、煙を追い出すように手のひらで空気をかき混ぜる。そうして、改めて部屋の主を見た。

「先生、寝てていいわけ？　おーい」

近づいて肩を揺すると、宗司は「ん」と妙に艶めかしい声を漏らし、顔の向きを変えた。やむを得ず、椎奈は生協で購入したばかりのお茶のペットボトルを構える。

「食らうがいい」

シャツからむき出しになっている白い首筋に、冷えたそれを押しつけた。

「……冷たい」

宗司はむっくりと体を起こした。まつげが長く、細面でくちびるが薄い。頬にくっきりと線を残した間の抜けた顔で、こちらを見て、まばたきをふたつ。

「寝ていません」

「なんで一瞬でバレる嘘つくの」

宗司はデスクに置いていたメガネをかけ、大きなあくびをした。とがった喉仏に骨ばった手首。左の薬指に結婚指輪をはめている。

宗司の妻は一〇年以上前に亡くなったと聞いていた。写真で見ただけで、会ったことはない。どんなひとだったのかを訊ねたことならある。「歯磨き粉のチューブを最後まで上手に使い切るひとでしたよ」と、そのとき彼は微笑んでいた。ふたりのあいだに子どもはいない。

「もしかして原稿あがってなかったりします？」

室内は雑然としている。棚はぎっしりと書籍や紙の束で埋まり、隙間もない。棚に収まらなかったぶんは床に積みあげられていた。デスクの上も作業するための空間がかろうじて確保されているだけで、混沌としている。ウェットティッシュ、分厚い辞書類、空のペットボトル、ボイスレコーダー、固定電話、お菓子の箱……。

椎奈は背中からおろしたリュックをイスの背面に引っかけた。

「いえ、今朝仕上げまひぃふぁ」顔からはみ出しそうなあくびをもうひとつして、宗司はデスクトップPCを指さす。「原稿はそちらに」

雪代宗司は星那多《せなた》大学文学部の客員教授であると同時に、雪白夕顔《ゆきしろゆうがお》の筆名で活動する幻想文学作家でもある。猟奇的《りょうきてき》で美しい夕顔の作風には固定ファンが多い。狂信的な読者は『雪守《ゆきもり》』と呼ばれていた。

「その感じだと昼どころか朝も食べてないでしょ？　適当に買ってきたんで、燃料補給してください」

食べ物の入った手提げのバッグをデスクの脇に置く。すぐそばに、先週刊行されたばかりの夕顔の献本が積みあげられていた。『花に髄《ずい》』とタイトルが入った表紙には骨格標本にも似た花の絵が描かれている。

宗司は両手でつくったピースサインを顔の前で交差させた。

「#はらぺこ#感謝感激雨霰《あめあられ》」

ほら貝でも吹くようにチョココロネに食いつく姿を横目に、椎奈はＰＣの前へ移動した。無造作に置いてあった四〇〇字詰め原稿用紙の束を取りあげる。

雪白夕顔の原稿は基本的にすべて手書きだ。それをテキストデータに入力することが椎奈の役目だった。このバイトは大学入学前からつづけている。本来は印刷所や編集部の仕事のはずだけど、こればかりはほかのひとに任せられない事情がある。一日あたり一万円のバイト代が出るので不満はない。

原稿用紙に記された筆跡は全体的に右上がりで鋭かった。訂正記号や、崩されてつながったひらがななど、以前は解読が困難だったけど、いまはもう慣れた。

一枚目にマスから飛びだすように「悲鳴のたまご」とタイトルが書きつけられている。少し離れたところに、こちらはやや遠慮するように雪白夕顔と筆名が記されていた。最終ページの左上に『46』とある。四六枚という意味だ。

ぱらぱら原稿用紙をめくって内容をたしかめる。

それはパートナーの生首と生活する女性の物語だった。昼間は食品メーカーで黙々と働き、帰宅すると生首と睦言《むつごと》をささやき合う。切断された恋人の頭部は生きていないはずなのに意識があり、ふつうに会話ができる。彼女が与えれば食事もする。ただし、体がないので食べ物は喉からぼとぼとこぼれ落ちてしまう。女性はそれをかいがいしく始末する。これは彼女にだけ見えている歪んだ世界なのか、それとも本当に生首がしゃべっているのか……。

ふいに――椎奈の左目が熱を帯びる。

「つっ」

宗司の手書きの文字が小刻みに振動していた。

まるで原稿用紙から逃げだそうとするかのように。

『ひ』の文字がねじれる。

『顔』のバランスが崩れる。

『の』の末端がだらしなく緩む。

原稿用紙から虫がわくように文字が這い出てくる。指を伝って移動し、皮膚に食いつき、椎奈の内部へ潜りこもうとしてくる。侵食しようとする。文字が文字が文字がインクが黒い文字が黒い黒い墨の様な黒黒黒い文字字字字字黒黒々黒黒墨黒墨――。

両目を閉じ、世界を強制的にシャットダウンする。深く息を吸い、再起動。

まぶたを開くと、文字は原稿用紙のなかに行儀よく収まっていた。

「これ、タイムリミットはいつです？」

「今日中にお願いしたいところです。予定は大丈夫でしょうか？」

「オーケー。問題なし。さっそく取りかかるよ」

収納されていたキーボードを設置し、文章ソフトを起ちあげる。かたわらに自分のぶんのサンドイッチとペットボトル、スマートフォンを置いた。いくつかメッセージが届いていている。先ほどの〝かわいいコックさん〟の写真には三件の『いいね』がついていた。たまごサンドをふた口で平らげ、炭酸飲料のふたをひねると小気味のいい音がする。口をつけると、ぷつぷつとした刺激が喉に快い。ふう、と息をつき、作業を開始した。室内にキーボードの音が響く。

少しして宗司が口を開いた。

「乾いていない絵の具のようですね」

ディスプレイから顔をあげると、宗司が窓から五月の空を眺めていた。中身が半分ほどに減ったペットボトルを、ぽちゃぽちゃともてあそんでいる。

「いまにも青が滴ってきそうだ。でも、ちょっと健全すぎますかね」

こちらの視線に気づいたらしく、宗司は笑みを浮かべる。五年前からこのひとは少しも変わらないな、と椎奈は思った。あるいはもっと前から、雪代宗司の時間は止まっているのかもしれない。

「ユキ先生、口のとこチョコついてますよ。小さな子どもじゃないんですから」

指摘すると、宗司はティッシュを一枚手にしていそいそと口のまわりを拭った。

「そういえば、ご存じですか？　泉鏡花《いずみきょうか》はひどい偏食家だったんですよ。チョコレートは蛇の味がするから嫌だと言ったとか」

「逆に蛇は食べたことあるのか」

「どうでしょう。『蛇くひ』という作品を書いていますが、鏡花自身は食べ物を極端に恐れていましたからね。細菌感染が怖かったようで刺身は食べませんでした。銀座木村家のあんぱんが好物でしたが、必ず火であぶっていましたし、海老は死体をエサにしていると言って口にもしなかったとか」

「やばいね、泉鏡花」

「ええ。彼は病的な潔癖症でした。食事は生きることに直結しています。なのに、それを恐れていたというのは非常に危うい」

宗司はバッグから新たにメロンパンを取り出し、袋を破る。

「でもそんな鏡花だったからこそ、その奇想はいまだ褪《あ》せずに美しいのです。きっと彼の目には、ふつうのひとびとの食事風景こそ不気味に映っていたことでしょう」

白髪の文学者はその危うさをうらやむような口調で言うと、メロンパンにかじりついた。うっとりと目を細め、「諸行無常《しょぎょうむじょう》の味がします」などとのたまう。どんな味だ、と椎奈は思った。


一日の授業がおわって、ひとり暮らしのマンションに帰ってきたときには一九時を過ぎていた。最寄り駅から徒歩一五分、鉄筋コンクリートの五階建てで、洋室八畳1K、バストイレ別。その三〇三号室が椎奈の部屋だ。

かかとを踏んでスニーカーを脱ぎ、そのまま靴下も脱いで、窓を開けに行く。網戸にすると気持ちのいい風が吹きこんできた。洗面所に移動し、靴下は洗濯機のなかへ。生ぬるい水で手洗いをすませ、うがいをし、顔も洗う。

体を起こすと鏡のなかの自分と目が合った。濡れて束になった前髪が額に張りついている。やや前傾姿勢になりながら左目の下に人差し指をあて、あかんべえをするように引っ張ってみた。白目の部分が少し充血している。

右の瞳は一般的な焦げ茶だ。しかし、左の虹彩はかすかに緑がかっている。

五年前にこうなった。

もっとも、よく見なければ、だれも気づかない程度の差異だ。コンタクトレンズを入れて隠すほどのこともない。

ただ厄介なことに、この左目はときどき生きていないモノを【視】てしまう。左目に伴う熱と痛みでそれとわかる。昼間、コンピュータールームでもそうだった。あのとき室内にいた少なくともひとりは生者ではない。

使い古されたフィクションの設定みたいだと思うけれど、自分ではどうにもできないことなので、あきらめて受け入れている。

キッチンへ移動して、冷蔵庫から出した牛乳をグラスにそそぎ、飲み干す。息をつき、リュックにしまっていた雪白夕顔の直筆原稿を取り出した。テキスト入力をおえた「悲鳴のたまご」だ。それを用意した深鍋に押しこみ、ライターで火をつける。過激な雪守がこれを見たら、自分を殺そうとするに違いない。

原稿用紙はまたたく間に燃えあがり、椎奈は換気扇のスイッチを入れた。

瞬間、鍋から黒い腕が伸びてくる。左目に映るそれは大量の文字の寄り集まりだ。その黒々とした指先が命を欲するように首をつかんでくる――が、実際に触れられることはなかった。その手には現実的な質量がなく、椎奈の肌に接触すると同時に黒い煙と化して霧散する。

宗司の愛用する万年筆に充塡《じゅうてん》されているそれは一般的な染料インクや顔料インクではない。死してなお染みだす悪意。呪わしいほどの害意。怨念。執念。妄念。本来、目ではとらえられないそれらを実体化し、濃縮したもの――。

ケガレだ。


かつて雪代の一族は異形のモノを浄化することを生業としていた。ケガレを用いて浄《きよ》めの詞《ことば》を紡ぐ独自の儀式は《逝祓式《ゆきはらえしき》》と呼ばれた。

怪異とはカビのようなものなのだという。表面を拭き取って一見きれいになったとしても、深く潜りこんだ菌は生きつづけ、何度でも表に出てくる。

そのたびに、ただひたすら祈る。平穏を。平安を。ひとと異形の。願い、弔《とむら》う。

けれど時代を下るうちに需要と供給のバランスは崩れ、雪代家は衰退の一途をたどった。怪異が存在しなくなったわけではない。ひとびとがその実在性を否認することで『無い』ことにされたのだ。家業が傾いていくなか、逝祓式の正統な手順も失われてしまった。

雪代の末裔《まつえい》である宗司もまたケガレを用いて物語をつづる。たとえ不完全な儀式であろうとも、哀悼の意をこめて記された一文字一文字は万の祈りに等しい。

しかしそれは、供養を目的としていながら、同時に、呪いの複製と拡散にもひと役買っている。ケガレによって紡がれた物語は必ず異様な禍々《まがまが》しさを帯びた。最終的に読者に届くものが印刷された大量生産品であったとしても、夕顔の作品が持つ特異性はそのことと無縁ではない。

そのため夕顔の直筆原稿をひと目にさらすことは避けなければならなかった。耐性のない者が直接読めば、悪意が網膜《もうまく》に焼きつき、妄念は視神経を通じて脳を侵してしまうだろう。体調を崩すくらいであればまだましで、最悪、命に関わる。

したがって焼却処分は必須の作業だった。

原稿用紙が灰と化したことを確認して、椎奈は鍋にふたをする。これでよし、とつぶやき、夕飯を用意するために冷蔵庫を覗いた。賞味期限切れの納豆とキムチがあったので、今日は納豆キムチパスタにしようと思う。

このような非日常が星那多大学文学部一年、宇佐見椎奈の日常である。

黒い夏のうたかた①

S海岸の幽霊洞窟といえば、椎奈の地元では有名な心霊スポットだ。

深夜に訪れると赤ん坊の泣き声が聞こえてくる。

海で溺れている子どもを助けようとすれば引きずりこまれる。

近くで写真を撮ると顔が歪む、あるいは不気味なモノが写りこむ。

浜辺でバーベキューを試みれば、食材が異常な速さで腐敗する。

しばしば奇形の魚が釣れる、もしくは魚が幼児の声を発する。

貝殻を拾ってはいけない、なぜならそれは人骨であるから……。

そういった怪談には事欠かない。

S海岸自体は地元民に愛されるメジャーなスポットだ。夏は海水浴場となり、観光協会主催の花火大会が毎年盛大に開かれる。岩場では磯遊びができ、多くの家族連れでにぎわう。

そんな場所に幽霊洞窟は、ある。

地形の関係から、かつて周辺の海面水位は現在よりも高かったと言われている。満潮になると洞窟は水没し、海藻や流木などの浮遊物が流れこんだ。ふしぎなことに、いったん洞窟に入りこんだ物は二度と外へ出てくることがなかった。岩に引っかかって出てこない、という意味ではない。洞窟内部から跡形もなく消えてしまうのだ。

戦前、戦中、S海岸付近では幼い子どもの失踪が相次いだという。

当時のひとびとはそれを『洞窟に食われた』と言って恐れた。

洞窟の奥には人智を超えたなにかが棲みついていて、それが好んで子どもたちをのみこんでいるのではないか……と。

五年前の夏、椎奈は陸上部の友人らと噂の幽霊洞窟へ肝試しに行った。参加者は自分を含めて五人だった。

洞窟は岩場の奥にあって、ギザギザした開口部は巨大な怪物の口を思わせた。高さは椎奈の背より少し低いくらいか。立ち入りを禁じる立て札があったものの、それは好奇心をあおるだけで抑止の効果はなかった。

ひとりずつ入り、奥まで行った証拠に写真を撮ってもどってくるとルールを定め、じゃんけんで順番を決めた。椎奈はいちばん最後となった。

ひとり目はおよそ五分後にもどってきた。残っていた四人で彼を囲み、なかの様子を訊ね、健闘をたたえた。ふたり目もやはり五分ほどで出てきた。三人目、四人目と同じことがくり返され、やがて椎奈の番がまわってきた。

椎奈はスマートフォンのライトで足もとを照らしながら前進した。外の暑さから一転して洞窟のなかは涼しく、海藻の腐敗臭が立ちこめていた。そこに混じる、ねっとりと甘い、果物のようなにおい。ごつごつした足もとの至るところに水がたまり、びょうびょうと風の音が響いていた。

奥へ行くほど天井が低くなり、椎奈は頭をぶつけないよう気をつけて歩いた。

やがてたどり着いた洞窟の最奥部は、そこだけ広々としており、大量の赤い花が咲いていた。品種はわからない。日の差さないこんな場所にも花は咲くのだなと妙に感心してしまった。果物のようなにおいはその花が放っているようだ。

それら赤い花に埋もれるように、いくつものこけしと風車《かざぐるま》が並べられていた。こけしはどれも顔がはげていた。だんごを供えた皿が置かれていたので、関係者がお参りに訪れる習慣は残っているようだった。

椎奈はその場で二枚の写真を撮った。一枚目は赤い花々に囲まれたこけしと風車の、二枚目はそれらをバックにした自撮り写真だ。その場で確認したところ幸か不幸か心霊写真にはなっていなかった。マヌケな顔で笑う自分が写っているだけ。

来た道を引き返し、みんなと合流したあと近くのコンビニへ移動した。

アイスをかじりながら洞窟で撮影した写真を順番に披露していった。

ひとり目、ふたり目、三人目と写真を見ていくうち、椎奈はふと疑問に思った。

「なあ、なんで、だれもこけし撮ってねえの？　風車とか花も」

友人たちはふしぎそうに椎奈を見た。

「ウサ、なに言ってんの？」

「え、なにが？」

「いや、だって、こけしなんてなかったし」

一瞬、あたりが暗くなった。太陽が雲に隠れたのだ。すぐさま雲が流れて、また明るくなった。全員で自分をからかっているのかと、椎奈は笑った。

でも、その笑いにつづく者はいなかった。

「そっちこそなに言ってんだよ。ほら写真にもちゃんと――」

証拠を見せようと、スマートフォンのフォトフォルダを開いた。

「あれ……ちょっと待て、なんでだ。おかしい」

写真そのものは二枚とも残っていた。けれど、そこにはこけしも風車も花も写っていなかった。それだけではない。写真のなかの自分が、なんだか少し、笑いすぎているように見えた。自然な笑みではなく、どこか作為的な……。

ここに写っているのは、本当に自分だろうか？

なぜかそんなことを思い、じくり、と瞳の奥が痛んだ。

KWAIDAN

月曜一時限目の授業がおわり、文学部棟を出ると空が青かった。重なった枝葉の隙間から光がこぼれ、足もとで小魚のように躍っている。

六月になってから、ぐっと暖かくなり、油断すると少し暑いくらいだ。

椎奈はスマートフォンを確認する。今朝ＳＮＳにあげた写真に『いいね』が五件ついていた。フライパンの上でたまごを割ったら黄身が双子だったので、とっさに写真に残したのだ。スマートフォンをにぎったまま、ぐっと伸びをする――と。

「手をあげろ」

突然腰のあたりになにかを押しつけられた。

「すでにあげてるんですが」

「命が惜しけりゃ有り金置いてとっとと失せな」

「いや、なにしてんですか、水石《みずいし》さん」

ふり返ると、水石綺晶《きあら》が指でつくったピストルをこちらに向けていた。

「なんだよー。おもしろいこと言えよー」

「無茶ぶり」

彼女は教育学部に在籍する二年生だ。目尻のとがった猫目が印象的で、ショートボブの髪を明るいオレンジブラウンに染めている。左耳に星のピアスをふたつ、右耳にチェーンのピアスをつけていた。ゆったりとしたシルエットのパーカーにダメージ加工されたショートパンツを合わせ、黒のリュックを背負っている。一七二センチの椎奈より五センチほど身長が低い。

「ところでウサくん、このあと授業ある？　わたし、カフェテリアに行こうと思ってたんだけど、いっしょにどう？　おごられてあげる」

「ナチュラルにたかってきたぞ、このひと」

などと言いつつも二時限目はあいていたので、お供することにした。

「ウサくんってきょうだいいるんだっけ？」

並んで歩きだすと、綺晶が訊ねてきた。

「うちはひとりですけど、なんでですか？」

「ほら、こないだの勉強会のとき、キッズから絶大な支持を受けてたからさ。ウサくんウサくん呼ばれて、慕われてたじゃん」

勉強会というのは、星那多大公認のボランティアサークル『なごみ』がおこなっている学習支援のことだ。不登校傾向の小中学生や日本語を母語としない子どもたちといっしょに勉強したり遊んだりしている。

「ウサくん、絵うまいんだね」

「いや、そういうわけでもないんですけど」

その日初参加だった椎奈は、彼らの気を引こうとして『ドラゴンボール』のイラストを披露した。それが思いのほかウケて、子どもたちに取り囲まれたのだけれど、リクエストをもらっても、うまく描けるのは幼いころからくり返し模写した同じポーズの孫悟空《そんごくう》とピッコロだけなので、それ以外の絵はどれも冴えなかった。

なごみでは勉強会のほかに、月に一回、駅前清掃活動もある。メンバーの総人数は三七名なのでサークルとしては中規模だ。

「接しかたも上手だったし、下に弟か妹がいるのかなと思ったんだけど」

彼女は肩からずり落ちてきたリュックをぐいと背負い直した。

「あー。なんか、おれ、むかしから年下に舐められやすいんですよね。中高、陸上部だったんですけど、後輩からもふつうにウサくん呼ばわりで、いじられてましたし」

「親しみやすいってことだね」

「物は言いようですね。水石さんはきょうだいいるんでしたっけ？」

「うちは姉的な者が若干一名」

綺晶は鼻の頭にしわを寄せ、くちびるを大げさにひん曲げてみせた。表情豊かな彼女はよく変な顔をしている。そこも魅力的だと椎奈は思う。

「なんです、仲わるいんですか？」

「わたしはやつを姉とは認めておらんのだよ。たかだか二年早く生まれたくらいでわたしの姉だなどとおこがましい。あんなやつは破門《はもん》だ、破門」

「どんな権限持ってんすか」

綺晶と出会ったのは、入学して間もない四月のはじめのことだった。

そのとき椎奈は中庭に設置されたベンチのまわりを歩きまわっていた。気温は高すぎも低すぎもせず、乾いた風が心地よい日だったけれど、椎奈は汗だくだった。

「ねえ、きみ。ちょっといい？」

突然の呼びかけに顔をあげると、見知らぬ女性が立っていた。とっさに、新入生目当てのサークル勧誘かと、椎奈は身構えた。それどころではないのに……。

「ひょっとして探し物してる？」

彼女はラベンダー色のパーカーにプリーツスカートというスタイルだった。

「え、あ、はい。……スマホを落としてしまって。ほかに心当たりもないんで、このあたりだと思うんですけど」

語学の授業で親しくなった友人とその場所で昼食をとったあと、スマートフォンがなくなっていることに気づいて、あわてて引き返してきたところだった。

「やっぱり」

彼女は黒いスマートフォンを差し出してきた。

「これじゃない？」

「あっ！　おれのスマホ！」

「そこのベンチに置きっぱなしになってたよ」

そこ、とベンチを指さす彼女の手はパーカーの袖で半分隠れていた。

「すみません。ありがとうございます。ああ、よかった」

受け取ったスマートフォンにはかすかに彼女の体温が残っていた。ほっとして力が抜けた椎奈は、そのまま近くのベンチに腰をおろした。

「どういたしまして。一年生?」

「あ、はい、そうです」椎奈はすぐに立ちあがり、彼女と視線を合わせた。「本当にありがとうございました」

まっすぐ向き合うと、目のまわりがメイクで薄く色づいているのがわかった。穏やかな四月の日差しが頬の産毛を光らせ、ボリュームのあるパーカーのフードが彼女の顔を小さく見せた。

「落とし物に気づいたら、事務所で確認するといいよ。わたしも事務所に届けるところだったし」

「とっさに焦っちゃって。そっか。そうですね。事務所か」

「見つかってよかったね」

「はい。ほんと助かりました。あの、なにかお礼を」

「いいって、いいって。気にしないで。それよりこれからは気をつけ——」

いきなり、彼女が顔を近づけてきたので、椎奈はのけぞった。

「あ……の、なにか?」

「見間違いかと思ったけど見間違いじゃない」

そう言うと、彼女は自分の左目の下に指を当てた。焦げ茶色の瞳は湖面に光が反射するように輝き、丁寧にみがかれた爪は薬指だけラメでコーティングされていた。

「カラコン入れてたりする？　左目。ちょっと緑っぽい」

「え」心臓がひとつはねた。「と、いや……入れてない、です。自前です」

「へえ」

「よく気づきましたね。じっと見ないとわからないくらいのものなのに」

すると、彼女は猫のように目を細めた。

「そうなの？　すごくきれいだと思うけど。デヴィッド・ボウイみたい」

そのとき、ぴんぽーん、と、バスの降車ボタンを押したときのような音が頭のなかで鳴り響いた。

椎奈が水石綺晶に心を奪われた瞬間だった。


とはいえ、この二カ月ほどで椎奈が行動したことといえば、彼女が所属するボランティアサークルを突き止めて、加入したくらいのもので、それ以上のアプローチはできずにいた。もちろん情報収集だけは継続的におこなっている。いや、決してストーカーなどではない。くり返すがストーカーではない。

現在、水石綺晶に恋人はいない（重要）。姉がひとりいるらしい（新情報）。小学校の教師を夢見ている。好きな食べ物はゴーヤチャンプルーで、高校時代は軽音楽部でベースを弾いていた（椎奈はリコーダーくらいしかできない）。好きなバンドは、おとぼけビ～バ～。血液型はB（椎奈もBなので輸血が可能）。誕生日は九月九日（カーネル・サンダースと同じ）。座右の銘は藤子不二雄《ふじこふじお》Ⓐの『明日にのばせることを今日するな』。犬が好き（椎奈も犬派）。魂のバイブルは『SLAM DUNK』で、人生最高の神映画は『ギルバート・グレイプ』。

このように水石綺晶情報を更新していく。

更新していくだけで有効利用できていないのが現状なのだけども……。

キャンパス内にあるカフェテリアはランチ前でも大勢の学生でにぎわっていた。

「埋まってますね。先に席だけ確保しときますか」

「せやな」

椎奈は視線をめぐらせた。カフェテリア内の貼り紙は禁止されているのに、壁のあちこちにサークル勧誘ポスターや公演を知らせるフライヤーが貼られている。

「あ。ジウヤと汰角《たつの》がいる。おーい、ジウヤー、タツー」

綺晶が声を大きくして呼びかけると、壁際の席についていたキム・ジウと陸井《くがい》汰角が顔をあげた。それぞれの前にはラップトップPCがある。なにか作業をしていたようだ。綺晶は「おつかれー」と彼らへ近づいていった。せっかくふたりきりだったのに……との思いを封印して、椎奈はうしろをついていく。

「ああ、水石。と、ウサ。おつかれ」

汰角は政治経済学部の二年生で、中性的な顔立ちをした美男子だ。細身のジーンズにラフなシャツを着ていた。

ジウは韓国からの留学生で、椎奈と同じ文学部に籍を置いている。前髪を横に流して額を出し、まるいメガネをかけていた。同じく留学生の友人と動画サイトで韓国語講座を開設していて、椎奈もときどき視聴させてもらっている。毎週土曜更新だ。

四人は全員、なごみのメンバーだった。

綺晶とジウは右手で狐のサインをつくり、親愛の情を示すように「うぇーい」「うぇーい」と、その口の部分をつんつんぶつけあった。え、なにそれ交ざりたい、と思ったけど顔には出さないよう努める。

「ふたり、もうランチ？」

ジウがスマートフォンで時間を確認しながら言った。

「ウサくんにたかろうと思って。いちばん高いやつ頼んでやるんだ」

「水石さん、ふつうに最低なんで自重してください」

でも、こんなふうにいじられて思わずにやける。そんな椎奈に汰角があきれたような視線を向けてきた。

「ウサって趣味わるいよな。どこがいいわけ？」

この秘めたる気持ちは汰角には筒抜けらしい。綺晶本人にはまったく伝わっていないというのに……。

「語らせたらひと晩かかりますよ」

「罰ゲームの領域」

テーブルの上にはラップトップPCのほか、紙パックのいちごミルクとアイスコーヒーのグラスも置かれていた。「ここ、いいよ」とジウがイスからバッグをどかし、そこへ綺晶が腰をおろす。汰角もリュックを移動させてくれたので、椎奈は礼を言ってすわった。

「おふたりとも、なにかの課題ですか？」

汰角は「中国経済論のレポート」と答え、ジウは「翻訳のやつ」と言いながらテキストを見せてくれた。表紙にLafcadio Hearnという著者名と『KWAIDAN』というタイトルが記されている。

「あ、小泉八雲《こいずみやくも》の『怪談』。へえ、こんな授業あったんですね」

「へるんさんか。小さいころに児童向けのやつ読んだわ」綺晶はテーブルのいちごミルクを手に取り、ちゅっ、とストローで吸った。「『耳なし芳一』とか怖いよね」

「なに勝手に飲んでやがるのか」ジウが抗議する。

「まあまあ、ほら、これでも飲んで落ちついて」

「わたしのいちごミルクだがな」

そんなふたりのやりとりを、椎奈は生暖かい目で見守った。

へるんさん、というのはハーンのことだ。当時、島根県の松江《まつえ》に赴任したHearnを「へるん」と誤って表記したことが由来で、本人もそう呼ばれることを好んだと伝えられている。

椎奈も宗司の家で『怪談』を読んだことがあった。雪代家は大学の研究室に負けず劣らず本であふれている。巨大な地震が来たら本に潰され命を落としかねない。なので、ちゃんと片づけてください、と注意したら、宗司は「本望です」などと笑っていた。あれは高校受験の前だったか。

『怪談』には「耳なし芳一」のほか「雪おんな」「ろくろ首」「むじな」などの有名な話が収録されている。椎奈がいちばん好きなのは、「かけひき」という掌編だ。

とある使用人が罪を犯して捕まる。彼は刑の執行直前に命乞いをするが、聞き入れられないとわかるや、死後、主人たちを呪ってやると脅す。それに対して、主人はこう提案する。その怨みが本物であるならば、首を落とされた直後に目の前にある石にかじりついて証明しろ、と。使用人は必ず実行すると誓い、斬首される。ひとびとが見守るなか、切断された首はまっすぐ飛んでいき、石にかじりつくのだが――……。

　この話はラストがふるっていると思う。落語のように美しい。

「あ、怪談で思い出したんだけど」綺晶が荒ぶるジウを無視して口を開いた。「うちの実家近くに六角《ろっかく》屋敷って呼ばれてる空き家があるんだよね」

「なんだそれ」汰角は笑いながらアイスコーヒーに口をつける。「もしかして幽霊が出るとか？」

「いやそれが出るらしいんだよ」

　綺晶は胸の前で両手をだらりと垂らしてみせた。典型的な幽霊のポーズだ。汰角のほうも同じポーズを取って「ガチで？」と訊ねた。

「ご存じのとおり、わたし、神奈川出身でしょ？」

「ご存じでないが」ジウが茶々を入れる。

　おれはめちゃめちゃご存じです、と思ったけど言わないでおいた。椎奈自身も神奈川県出身だ。もっとも同じ県内でも、綺晶の地元とは北と南で離れている。六角屋敷というのは初耳だ。

「若崎《わかさき》市の増菜《ましな》区ってところ。近くと言っても、うちから自転車で一〇分以上かかるんだけどね。高校生のとき一回だけ友だちと見に行ったことがある。屋根が特徴的で、六角形になってるの。それで六角屋敷って呼ばれてるみたい」

　綺晶はオレンジブラウンの髪を手櫛《てぐし》ですく。

「一〇年くらい前に、その家の女の子が急にいなくなっちゃったんだよね。ジウヤは知らないかもだけど、当時は全国ニュースで大きく取りあげられてた。汰角とウサくんは覚えてない？」

「そういえば、あったような気がする」汰角が椎奈を見る。「ウサは？」

「すみません、おれはちょっと覚えてないです。一〇年前っていうと、おれ、小三くらいですし」

「わたしは小学四年生とか五年生だった。いなくなった子もだいたい同じくらい。三人家族だったって。その子の失踪がきっかけで、うちの学校でも一時期、放課後は集団下校になったの。先生や保護者が通学路に立ってたよ。で、警察やボランティアのひとが捜したんだけど、結局見つからなかった」

　となりのテーブルの学生たちが席を立ち、入れ替わりでべつの学生らがすわる。

「しかも不幸はつづいた。少しして女の子の母親が亡くなり、そのすぐあとに父親も死んじゃったの」

「一家、全滅」

　椎奈がつぶやいた瞬間、カフェテリア内が静寂に包まれた。

でも、それは一瞬のことで、すぐに日常の喧騒がもどってくる。

「話はそれでおわらない。そのあと何組かの家族が入居したんだけど、みんなすぐに出ていっちゃうの。その家で暮らすと鏡が歪むとか、何度閉めてもドアが勝手に開くとか、お風呂場のすりガラスの向こうにだれか立つとか、いろいろ言われてる。極めつきは――」

一拍置いて。

「なんと、その家に引っ越してきた小学生の女の子が、もうひとり行方不明になっちゃったんだって」

ジウが「こわ《ムソウォ》」と顔を歪ませ、汰角も「マジか」とこぼす。

ひとりの少女が消え、その両親までも相次いで命を落とした家。そこではくり返し不可解な現象が観測され、さらなる行方不明者を生んだ。

いまの話が事実だとしたら、たしかにふつうではない……。

「そんな家に住みたいひとなんていないでしょ？　かといって取り壊されることもなくて、空き家のまま放置されてるってわけ。ネットではそこそこ有名な心霊スポットだよ」

そう言うと、綺晶はジウのいちごミルクを、ずごごと音をさせて飲み切った。

「このやろう《インマ》。勝負してやるので表出ろ、水石」

ジウがいきり立つ。と、椎奈の背後から声がかかった。

「いまの話に聞き覚えがあります」

ふり返ると宗司が立っていた。無数の蝶がデザインされたカラフルなシャツを着ている。派手すぎて自分だったらぜったい着こなせない、と椎奈は思った。

「あ、ユキ先生、こんにちは」

綺晶が言い、宗司も「こんにちは」と返事をする。宗司は日替わり定食を載せたトレーを手にしていた。シュウマイとみそ汁、白いごはん。山盛りのサラダが彩りを添えている。

「先生、聞いてたんですか？　恥ずかしいなあ」

「すみません、立ち聞きするようなマネをしてしまって」

「雪白先生」汰角が席を立つ。「あの、おれ、こないだの新刊買いました」

「ああ、それはお買い上げありがとうございます」

宗司はトレーを持ったまま頭をさげた。

「おれ、先生のファンなんです。授業は取ってないんですけど。その、迷惑でなければ、サインをいただけませんか？」

ちらっと汰角を見やると、頬がかすかに紅潮していた。彼が雪白夕顔のファンだとは知らなかった。雪守なのかもしれない。

「ええ、もちろんです」

　汰角はイスの背に引っかけていたリュックから書店のカバーがかかった書籍とサインペンを取り出した。宗司は「ここ、よろしいですか？」と断り、直前まで汰角がすわっていた席に腰をおろす。

「お名前をうかがえますか？」

「陸井汰角といいます。陸地の井戸って書いて『陸井』で、さんずいに太いで『汰』、『角』は鹿とか牛とかのツノです。あ、でも宛名はなくてもべつに」

「陸井さんですね。めずらしいお名前ですね」

「よく『りくい』って呼ばれます」

　宗司は表紙を開き、『陸井汰角様へ　有難う御座います』とメッセージをしたためたあと、自身のサインと日付を入れた。

「ありがとうございます。大切にします」

「喜んでいただけて、わたしもうれしいです」

「やべえ。マジでやべえ」

　汰角が「やべえ、やべえ」とくり返しながら椎奈の肩にこぶしを打ちつけてくる。うれしいのはわかるけど、ふつうに痛いからやめてくれ、と思った。

『花に髄』と名づけられたその本は、ここ数年、雑誌などに掲載された短編作品を集めたものだった。夜店ですくってきた心臓を水槽で飼う話、就寝中の恋人の体と自分の体とを縫合し離れられなくしてしまう話、ひとの頭蓋骨から書籍を摘出する脳外科医の話など、意味不明な物語ばかり一〇編が収められている。すべて椎奈がテキスト入力したものなのでよく覚えている。

単行本化にあたり、書きおろしが一話追加収録されていて、それは人体の欠損描写をすべて砂糖菓子で表現した物語だった。語り手の殺人鬼が殺めた相手は脳みそや血液のかわりに生クリームやチョコレートソース、ブルーベリージャムを垂れ流す。臓器のかわりにグミやゼリーやプリンをまき散らす。

「それで、先生、六角屋敷について、なにか知ってるんですか？」

椎奈はタイミングをはかって訊ねた。

「ええ、はい。あ、いえ、六角屋敷と呼ばれているその家について知っているわけではないのですが、小学生の女の子が失踪したのち、ご両親も相次いでお亡くなりになったという痛ましい出来事は覚えています。一〇年ほど前のことですよね。その後、越してきた家族から新たな行方不明者が出たかどうかまでは記憶にないのですが、事実だとすればなにやら不穏ですね」

サインに使ったペンにキャップをすると、宗司は綺晶を見やった。

「それで、水石さん」

「あ、はい」

「その建物ですが、いまも残されているのでしょうか？」

「えっとどうかな」綺晶は左斜め上を見た。「たぶん、あると思いますけど」

「そうですか」

宗司はメガネの奥で、欠けゆく月のように目を細める。

「では水石さん、ご面倒をおかけしますが、その場所をくわしく教えていただけませんか？」

黒い夏のうたかた②

異変はゆっくり進行した。

ある日の部活帰り、友人らと何気ない話をしながら歩いていた椎奈はひどく顔色のわるい女性とすれ違った。それ自体は特別なことではなかったけれど、一分もしないうちに同じ女性がまた正面からやって来て、あれ？　と思った。

しかし、わざわざ話題にするほどでもないだろうと、そのときはそれきり忘れてしまった。

翌朝、ひとりで通学路を歩いていると、正面からきのうの女性がやってくるのに気づいた。ひどく頬がこけていて不健康な印象を受けた。目も鼻も口も全体的に小さく、それぞれの位置が妙に不安定に見えた。左右の目の高さが微妙にずれ、鼻は左に寄り、口は傾いているような……。

気味がわるいなと思った。でも、それは自分のなかにある偏見をあらわにしてもいる。椎奈は気味がわるいなどと思ったことを恥じた。

ただ、すぐ横をすれ違うとき、彼女が何事かをつぶやいているのが耳に届き、奇妙に感じた。数歩進んでから椎奈はふり返った。女性は、とぼとぼと歩いていき、こちらをふり返ることはなかった。

椎奈には彼女がくり返し「寒い」と言っていたように聞こえた。

変なの、と思った。寒いどころか暑いくらいの陽気だったからだ。

異変はつづいた。

その日の放課後、部活をおえ、いつものメンバーで歩いていると、正面からまた例の女性がやって来た。それも、ふたり同時に。

双子、という言葉を思い浮かべた。最初にすれ違ったときも、そういうことだったのかもしれない。

それにしても最近やけに頻繁に見かけるな、と思いながら彼女らとすれ違った。そのときも、ふたりは、ぼそぼそと聞き取りにくい声で何事かささやいていた。

それは「寒い」にも「さみしい」にも聞こえた。「嘘」という単語も交じっていたような気がした。

間を置かずに、正面からまたあの憂鬱そうな女性がやって来て、さすがに動揺した。三つ子の可能性だってもちろん否定できないけれど、あまりに遭遇する頻度が高すぎる。まるでつきまとわれているみたいじゃないか。

すれ違うとき、彼女も不明瞭な声で「寒い……さみしい、嘘、寒い」とくり返していた。

「なあ、いますれ違ったひとだけど――」

自分が見たものについて、椎奈はみんなに話してみようと思った。

「ん。なに？　だれ？」

こちらを向いた友人の顔が。

先ほどの女性のものになっていた。

声は友人のままで、服も学校指定の体育着で、なのに首から上があの女性だった。頬のこけた、目も鼻も口もいびつな。

「おまえ、顔、それ……」

「顔？　え、なんかついてる？」友人は自分の顔をべたべた触り、いっしょにいたふたりにも確認した。「おれの顔、なんかついてる？」

「え、べつになにも」「ウサ、どうしたんだよ？」

ふたりがこちらを見たとたん、汗が噴き出て、口のなかに苦みが広がった。

その場にいる友人たちの顔が、すべてあの女のものになっていた。

「お、おまえら、なんの冗談だよ。その顔、どういうトリックだよ……」

椎奈は笑おうとして、しくじった。声が震えていた。

「なに言ってんだ？」「トリックって？」「意味わかんねえんだけど」

友人たちは異様な顔のまま、しかしその口調は至ってふつうで、それがまた不気味だった。おかしいのは自分のほうなのか？

「わ、わるい。なんでもない」

友人たちから目をそらし――。

「おれ、ちょっと、先帰るわ」

椎奈は走りだした。足もとだけを見つづけながら、なにが起こっているのか必死に考えたけれど答えは出なかった。そうして家に帰り着き、母親の顔を見た瞬間、ナイフで胸を刺されたような気持ちになった。母親の顔も、あの女の顔に変わっていたからだ。

強烈な吐き気に襲われ、トイレへ駆けこんだ。しかし、出てくるのは生ぬるい胃液ばかりだった。トイレを出て、洗面所に立ち、椎奈は鏡を見た。

「な、なんだよこれ……なんだよこれ、なんだよこれっ！」

　鏡のなかに、あの女がいた。

　病院では、相貌失認《そうぼうしつにん》の兆候《ちょうこう》あり、と診断された。

　そのときにはもう、あらゆる人間の顔があの女のものになっていた。椎奈を診察した医師も。看護師も。外来患者も。写真も動画も関係ない。すべて。

　相貌失認とは脳障害のひとつだという。鼻や目、口などの顔を構成するパーツは知覚できるのに、顔全体として見たとき、個人の識別がむずかしくなる障害だそうだ。要するに、ひとの顔を見分けられなくなる。

　けれど、そんな診断を信じられるわけがなかった。

　頭を強打したわけでも、高熱にうなされたわけでもないのだ。

　思い当たることは、ひとつだけ。

　椎奈は周囲に説明した。友人たちとS海岸の幽霊洞窟へ行ったこと。そこで自分だけが見た祭壇。そのせいに違いない、と。

　しかし、医師も家族もだれも真剣に取り合ってはくれなかった。

　学校へ行けなくなった。外出すれば、すべての人間が恨めしそうに自分を見つめてくるようで耐えがたかった。なぜか、この不可解な現象に襲われているのは椎奈ひとりで、ほかの友人たちにはなんの異変も起きていなかった。

どうすればいいのかわからなかった。ふたたび幽霊洞窟へ行って許しを請うことを考えたものの、恐怖で足がすくみ、家から出られなかった。

椎奈にできるのは自らを部屋に閉じこめ、世界を拒絶することだけだった。アイドルのポスターは破き、スマートフォンの電源は切った。鏡など自分の姿を反射する物は隠すか、粘着テープを貼りつけるかした。家族のことも避け、食事は部屋の前に置くよう頼んだ。

だれにも会わなければあの女を見ることはない。そう思った。そのはずだった。

けれど、まぶたを閉じれば、無限の闇のなかに浮かぶのだ。

あの女の顔が。

女の左の頰にはほくろがあった。最初は小さな点で、けれど次第に大きく成長していった。そのうちに、それがほくろでないことがわかってきた。

頰の肉を貫通する――穴だった。

穴は少しずつ拡大し、やがて歯茎が覗けるまでになった。穴の数も増えていった。ぽこ。ぽこ。ぽこ。顔中に穴ができていく。その奥から不吉に赤い花が伸びてくる。

びょうびょうと風の音が聞こえ、赤ん坊の泣き声や甲高い女の声が混じる。耳をふさいでも頭のなかで響く。「寒い」とか「さみしい」とか「嘘」とか……。

いや違う。「寒い」でも「さみしい」でも「嘘」でもない。

「うそ寒い」でもなければ「うら寂しい」でもない。

宇佐見椎奈と、自分の名前を呼んでいるのだった。はじめから。

うさみしいなうさみしいなうさみしいなうさみし……。

部屋は腐った海藻と甘ったるい果物のようなにおいで充満していた。

どうしたら解放されるのか、まったくわからなかった。ただ怖くて怖くてたまらなかった。どうしておれが、と思った。どうしておれだけが、と恨んだ。

肝試しに行ったのは椎奈を含めて五人だ。ならば、ほかの連中も同じように苦しむべきではないか。全員が平等に呪われなければおかしい。

みんな、いまごろふつうに笑えているのか？　当たり前に食事し、眠り、いつもどおりの生活を送っているのか？　おれがこんなにつらいのに？

そんなことは許せない。そう思った。許せない。許せない。許さない。

椎奈のなかで、黒い感情が育っていった。


椎奈は幼いころから足が速かった。走ることだけは、だれにも負けない自信があった。だから陸上部に入った。けれど、その年の四月、椎奈はリレーメンバーから外され、補欠となった。怪我をしたわけではない。直近のタイムだってわるくなかった。

それでも、外された。

大会では朝いちばんに四×一〇〇メートルリレーの予選がおこなわれ、椎奈の学校は全体四位の成績で決勝に進んだ。本番は午後から。椎奈は仲間のウォーミングアップにつきあい、率先してマッサージする役目を買って出た。

そうして時間がやってきた。いつも自分が立っているはずの場所に、ほかの部員がいた。椎奈はスタンドで大きく声援を送った。強く手を打ち鳴らしながら、でも、負けてしまえと願っていた。その願いが届いたかのように、バトンミスが発生し、チームは最下位でゴールした。悔しがるリレーメンバーをはげましながら、椎奈はいい気味だと思った――……。

あのときの感情を濃縮したタールのようなものが心を満たしていた。ふだんは気づかないようにしているその気持ちから、目をそらせなかった。どいつもこいつも、おれと同じだけ不幸になればいい。苦しめ。呪われろ。救われるな。

どす黒い感情は奇妙な解放感を伴いながら、しかし、いっそう椎奈を苦しめた。みじめで、情けなくて、恥ずかしくて、助かりたくて、救われたくて、でも、なにもできなかった。無力だった。いっそ目をつぶしてしまおうかとも考えたけれど、実行できなかった。怖かった。痛いのも嫌だった。

なにより、両目が見えなくなるだけで、解決するとは思えなかった。現にまぶたを閉じても見えているのだから……。

一生このままなのか。だれにも会えず、こうして部屋に閉じこもりつづけなければいけないのか。頭がどうかしてしまいそうなのに、正気を失うこともできず、だれかを呪うことしかできず、真っ黒な絶望だけがあった。

だれか助けて。助けて。助けて。助けて……。

そのようにして二週間が過ぎたころ――。

椎奈の前に、雪代宗司が現れた。

六角屋敷

「六角《むすみ》一家に不幸があったのは、いまから一一年前のことです」

助手席の宗司が眺めているのは、新聞や週刊誌の記事をプリントアウトしてまとめたものだった。余白に赤字で情報が書き加えられている。

「水石さんのお話では六角屋敷の呼び名は屋根の形状に由来しているとのことでしたが、住人の名前も関係しているようですね」

「いやユキ先生、運転中は話しかけないでください」

運転席の椎奈はハンドルに覆いかぶさるような姿勢で前方をにらんでいた。

この春に免許を取ってから一度も運転しておらず、ひとの話を聞いている余裕などなかった。先ほどもウインカーを出そうとしてワイパーを動かすという定番のミスを犯したばかりだ。まだ死にたくはないし、殺したくもない。

「六角家は父親の真司《しんじ》さん、母親のめぐみさん、娘の恵美理《えみり》さんの三人家族でした。七月第二週の金曜日——夏休み直前ですね、当時、小学三年生だった恵美理さんは、学校帰りに目撃されたのを最後に失踪しています」

必死にハンドルを握る椎奈とは対照的に、車の所有者は平然としたものである。

「めぐみさんがパートから帰宅したのが一七時半ごろのことです。自宅は無人でしたが、まだ心配するような時間ではありませんでした。七月なら外も明るいでしょう。当日は晴れて、気温も高かった。けれど一八時を過ぎても娘が帰宅しないので心配になったようです。恵美理さんには携帯電話を持たせていませんでした」

新作の参考にするため現地へ行ってみたい——そのように話して、きのう綺晶から六角屋敷の場所を聞きだしていた。

原稿を仕上げた宗司は、今日は授業がなく、椎奈も午後は予定があいていた。

これまでも宗司の『取材』にはたびたび同行している。幽霊が出ると噂のトンネルを訪れたり、寺に奉納されたいわくつきの絵画を見に出かけたり。往々にして、それらはフェイクだ。しかし、それならそれでいい。危険がないということなのだから。

ハズレから創作のヒントを得ることもある。

ただ、ときたま、本物が交じっている。

椎奈の左目で【視】て、そうと判断すれば、宗司は儀式をおこなう。採取したケガレを用いて、作品を生みだしていく――。

果たして、六角屋敷は本物なのだろうか？

若崎市立佐富《さとみ》小学校――かつて六角恵美理が通っていた学校だ。出発前にカーナビに目的地として指定したところ、「1時間10分」と所要時間が表示された。現在はそれが「42分」に縮まっている。

「めぐみさんは心当たりに連絡を取りましたが、どなたも恵美理さんの行方を知りませんでした。不安を募らせた彼女は夫の真司さんの携帯に電話をしています。これがだいたい一九時のことです。遅すぎるとまでは言えませんが、不安をいだくには十分な時間でしょう。真司さんも心配になったようで、すぐに帰宅する旨を伝え、通話をおえています。めぐみさんは近所を捜しまわりました。しかし恵美理さんは見つからず、二〇時を過ぎたところで警察に相談しました」

大型バイクが、椎奈が運転する車を右から追い抜いていく。

「不幸はつづきます。恵美理さんの行方がわからなくなってから一週間後、母親のめぐみさんがお亡くなりになりました。死因は毒性の強いキノコを摂取したことによる多臓器不全です。救急車で病院に運ばれましたが助かりませんでした」

宗司は紙をめくる。

「このキノコは出所がはっきりしませんでした。めぐみさん自身が採取したのか、だれかから譲り受けたものなのか。警察は事故と自殺、両面から調べたようですね。遺書のたぐいが見つかったわけではありませんが、恵美理さんがいなくなったことで精神的に不安定だったようです。となれば、自殺と考えられなくもない状況ではあります。自ら命をおわらせるにしては不確実な方法ですが、あえてその不確実性にゆだねたという解釈も成り立ちます。椎奈くんはどう思われますか？」

「いまは運転に集中させてください。ほんと、頼むから話しかけないで」

『次、一〇〇メートル先、信号ヲ、右折、シテクダサイ』

「だから話しかけないでくださいってば」

「いえ、いまのはナビの声です」

前方の信号が黄色になり、椎奈はブレーキを踏んで減速した。

今度は間違えずに、右へウインカーを出す。信号が赤に変わり、大きく息をついた。手のひらをジーンズにこすりつけ、手汗を拭う。

「めちゃめちゃ肩こる」

「大丈夫。安全運転できていますよ。むしろ少し力を抜いたほうがいい。さあ、甘いものでもどうぞ」

いつの間にか宗司はポッキーをかじっていた。一本つまんで差し出してくる。今日の宗司はペイズリー柄のバンドカラーシャツを着ていた。椎奈は首を伸ばして、ポッキーを食らった。宗司は頬を緩め、また紙の束をめくる。

「めぐみさんが亡くなってから三日後、今度は真司さんが交通事故でお亡くなりになっています。場所は自宅から二〇〇メートルほど離れた国道です。そのとき横断歩道の信号は赤でした。向かい側で信号待ちをしていた女性の証言が残っています。真司さんはトラックが接近してきたタイミングで自ら飛び出したそうです。トラック運転手の通報で駆けつけた救急車に搬送されましたが、病院で死亡が確認されました。こちらも事故と自殺、両面から捜査されたようです。心労がたたり、ふらついたところにトラックが来たとも考えられますし、覚悟を決めて飛び出したとも見える状況でした。めぐみさんのときと同様に遺書などは見つかっていません」

信号が青になったので、車を交差点内へ進める。

反対車線の車が途切れるのを待つあいだに宗司がふたたびポッキーを差し出してきたので、くわえた。

「さて、注意が必要なのはここからですね。水石さんのお話では、六角屋敷に新たに越してきた少女が失踪したとのことでしたが、事実は異なります。当時、増菜区内では、六角恵美理さんの件とはべつに、未成年者の失踪事件が二件発生していました。恵美理さんより一学年上、四年生だった亀井《かめい》有菜《ありな》さんと中学二年生の宝田《たからだ》波璃《はり》さんの失踪がそれに該当します。亀井家も宝田家も六角屋敷に越してきたのではありません。また実際には彼女たちのほうが恵美理さんに先んじて行方不明となっています。順番で言うと――」

　宗司は一枚、二枚と紙をめくる。

「最初の失踪者は宝田波璃さんです。それから数週間後に亀井有菜さんの行方がわからなくなり、さらにその一カ月後に六角恵美理さんも姿を消した、という時系列が正しいようです。そのことが念頭にあったからこそ、六角夫妻も娘が帰らないことを心配したのでしょう」

「失踪した順序が現実と怪談とで入れ替わってるわけか。おれもネットで検索してみたんですけど、失踪者はみんな六角屋敷の住人みたいに書かれてました。噂が拡散するうちに伝言ゲームみたいにエラーが発生したんですかね」

「不幸のつづいた六角一家のインパクトが強かったために、そちらの物語に組みこまれてしまったのかもしれません。フェイク情報のほうが拡散しやすい理由として、事実よりも『おもしろい』『刺激が強い』という要素があげられます」

「あー、もっとリテラシー教育に力を入れないとダメですね」

タイミングをはかって車を右折させ、アクセルを踏みこむ。

「恵美理さん以外のふたりが六角屋敷に住んでいた事実はありません。が、三人に接点がまったくなかったのかと言うと、そうでもないようです。彼女たちは同じ塾に通っていました」

「そうなの？」

「ええ。波璃さんはその当時、すでに退塾していたようですが。有菜さんと恵美理さんも学年が違いますし、異なる学区の小学校に在籍していたので、どの程度親しかったか現時点ではわかりません。記事によれば――波璃さんは部活帰りにご友人とわかれてから足取りがつかめなくなっています。彼女は母親とふたり暮らしでした。わるい噂はなく、家出をする理由もありませんでした。衣服や持ち物も部屋に残されていました。当初、母親は離婚した父親のもとにいると考えたようですね。しかし、ふたりの接触は確認されませんでした」

左右を住宅に囲まれた生活道路を走行する。

「一方の有菜さんは塾を出たきり帰宅しませんでした。塾は一八時におわっています。その日は雨だったこともあり、川に落ちたのではないかと考えられたようです。近くに津済川《つずみかわ》という一級河川があるんです。ここは過去に何度か氾濫《はんらん》しています。治水《ちすい》対策が進められた結果、近年は起こっていないようなのですが、前日から降りつづいた大雨のために、かなり水位が高くなっていたと記録に残っています」

前方を走る自転車をゆっくりと追い抜く。狭いので、対向車が来たら嫌だなと椎奈は頭の片隅で思った。

「有菜さんが行方不明になった翌日、下流で彼女の傘と靴、バッグが見つかっています。ただ、有菜さん自身が発見されることはありませんでした。やがて一カ月が経過し、恵美理さんも消えてしまった、という経緯になります。とはいえ、これらの三件が関連している明確な証拠はないわけですが」

「けど、同じ区内で年齢の近い女の子たちが同時期に消えたら、そんなのつながっているると考えるのがふつうじゃないですか？　しかも同じ塾に通ってたんでしょ？　事件に巻きこまれたんじゃないかって疑いますよ。誘拐とか」

「少なくとも身代金の要求などはなかったようです。日本では年間八万人ほどが行方不明となっています。一〇代以下だけでも一万人を超えます。ただ、そのすべてに事件性があるわけではなく、自らの意思で姿を消したケースも少なくありません」

「けど、家出ならいずれは見つかるもんじゃないですか。三人は一一年経ったいまでも行方不明なんですよね？」

「ええ」

「やっぱりおかしい。三人の失踪には関係があるとしか思えない」

「大勢のひとが椎奈くんと同様に考えたからこそ、ひとつの怪談として語られることとなったのでしょうね」

宗司はそう言って、助手席の窓に頭を押しつけた。

「彼女たちはいったいどこへ行ってしまったのでしょうか」


当初ナビが表示した所要時間を一〇分ほどオーバーして、佐富小学校に到着した。時刻を確認すると一三時二一分だった。閉ざされた校門の左右で、桜の木が青々とした葉を豊かに茂らせている。

周辺は古くからある家が多い印象だ。住宅と住宅とのあいだに余裕があり、ぽつぽつと田畑が見える。竹林もあちこちに広がっていた。

邪魔にならない場所に駐車して、椎奈は後部座席から宗司のトランクケースを引っぱり出した。年季の入った革張りの黒いトランクだ。

犬を散歩させていた妊婦を見かけたので、六角屋敷のくわしい場所を訊ねる。宗司が大学の名刺を出し、「取材のためでして」と言い添えたおかげで、警戒されることなく教えてもらうことができた。こういうときに肩書は便利だ。

そこから、スマートフォンに表示させたマップを頼りに歩くこと五分――。

「このへんだと思うんですけど……あ、ここだ。うん」

目的の家にたどり着いた。

「表札はないけど、ほら、屋根が六角形だし、ここが六角屋敷ですよ」

レンガ調のタイルが張られた重厚な洋風建築だ。椎奈の実家よりずっと大きい。特徴的な形の屋根は、巨大な傘を連想させた。

椎奈のとなりで宗司が、ふむ、とうなずく。

「雰囲気のある家ですね。どこか異様なのに、どこが異様なのかうまく説明できません。創作意欲がかきたてられます」

左右の隣家とはブロック塀で隔てられていた。門には『管理』と記されたプレートがくくりつけられている。会社名と電話番号も併記されていた。駐車スペースに車はなく、どこかから飛ばされてきたらしい不織布のマスクがひとつだけ落ちている。それ以外はきれいな印象だ。窓がシャッターやカーテンで閉ざされているために、内部の様子はわからない。

「では失礼して」

躊躇なく踏み出す宗司に椎奈は訊ねる。

「あの、これって実は不法侵入だったりしますよね？」

「堂々としていれば平気ですよ。見たところ防犯カメラもありませんし」

「いや、けど、近所のひとに通報されたらどうす――」

るんですか、と言いおえる前に左の眼球が熱を帯びた。手で押さえつける。

「椎奈くん？　左目が痛むのですか？」

「……大丈夫」

椎奈は手にしていたトランクケースを足もとにおろし、両目を閉じた。

大きく息を吸い、吐き出す。

もう一度吸い、そこで止める。

手のひらで右の目を覆い、左だけまぶたを開いた。――すると。

左目に映る世界は、夕日の赤に染まっていた。

六角屋敷は血に濡れたようにぬらぬらと輝いている。

宗司の白髪まで不吉なほど赤い。

「んだよ、これ」

思わず一歩後退した、その瞬間。

――ぉ……めぇ……あぁ……ご……えぇ……。

いびつな抑揚の声がして。

うなじになにかを押しつけられた。

ぞっ、と鳥肌が立ち、全身が硬直する。氷のように冷たいそれは、感触からしてひとの指だった。前日、綺晶が指のピストルを突きつけてきたときのように。けれど、あまりにも冷たすぎる、指。

すぐうしろにだれかいる。しかし、正面にいる宗司には【視】えない存在。

その冷たい指が皮膚の上を滑りだす。

椎奈は呪縛をふり払うようにうしろを――。

「左肩越しにふり返ってはいけません」

あごに宗司の手が添えられ、首の動きが封じられた。

「魔物に魅入られてしまいますよ。ハックルベリー・フィンも言っていたでしょう？　左の肩越しに新月を見ることは人間が取り得る最も軽率な行動であると。New moon は完全な新月から細い三日月までも含みます。古い言い伝えでして、左からふり返ることは不吉な出来事を予兆させるのです。もっともハックは、蛇の皮を持つほうが最悪だと考えを改めるのですけどね」

あくまでもその口調は穏やかだった。

「いったん視界を遮断し、深呼吸してください」

指示どおりに呼吸を整え、まぶたを開ける。世界は色を取りもどし、いつの間にか、うなじに押しつけられた指の感触も消えていた。ゆっくりと右側からふり返ったところ、背後にはだれもいなかった。

「落ちつきましたか？　なにか【視】たのですね？」

「【視】たっていうか……視界が真っ赤に染まりました。夕焼けみたいな感じで。六角屋敷も赤く照らされてました。変な声もした。伸び伸びになった古いテープみたいな声で、だから男か女かわからない。それから」

首のうしろをさする。自分の体温に安堵を覚える。

「だれかに触られました……。ここに指を押しつけられた」

「なんらかのメッセージを残されたのですか？」

「よく、わからない……。いまのは、この家に住んでいただれかのものだったんですかね」

失踪した六角恵美理のものか。だとしたら彼女はやはり生きていないことになる。

あるいは、その母親のめぐみか、父親の真司か……。

「それを追究することが、わたしたちの目的ではありません。この場所には常識では測れないなにかが巣くっている、というその点が確認できれば十分です。ここは当たりのようですね」

六角屋敷に向かって手を合わせる宗司にならい、椎奈も合掌する。横を見ると、宗司はアンティークのシガレットケースを手にしていた。そこから邪気祓いの香を一本抜き、口にくわえて小型の電子ライターで火をつける。ふっ、と吐き出された煙はシナモンのような香りがした。

「少しじっとしていてください」

宗司は香を手にしたまま椎奈のまわりを一周した。香りをまとうことで、安全を確保するための小さな結界がつくられたことになる。

「では行きましょうか」

宗司が門を開け、敷地に入っていく。椎奈はまわりに通行人がいないことを確認してからトランクケースを持ちあげ、そのあとにつづいた。玄関の前に立った宗司は、躊躇うことなくドアハンドルに手をかける。ガチャンと拒絶の音が響いた。

「ひとまず一周しましょう」

宗司は火のついた邪気祓いの香を頭上に掲げる。隣家と六角屋敷とを隔てている塀の高さは椎奈の肩くらいか。敷地に余裕があるため、肩を並べて歩くことができる。歩きはじめてすぐ、宗司が「妙ですね」とつぶやいた。

「なにがですか？」

「草が一本も生えていません」

宗司はしゃがんで、土に触れた。

「この時季なら雑草が生い茂るはずですが」

「そう言えば。管理会社が除草剤でも散布してるんですかね。なんか少しにおいますし。邪気祓いの香とはべつに、なんか焦げ臭いような感じ」

「ほとんどゴミも落ちていませんし、そうかもしれません。あるいは、ここでは植物は育たないのか」

宗司は「行きましょう」と立ちあがり、ふたたび香を掲げた。

「六角家に不幸がつづいたのち、この家には三組の家族が引っ越してきました。すべて賃貸契約だったようですね。最初のご家族が入居されたのは真司さんが亡くなってからおよそ一年後のことです。週刊誌ではM夫妻と記されていました。彼らは連日のように不可解な現象に襲われたそうですよ」

裏手の庭へ出る。そこも雑草は伸びておらず、乾いた土がむき出しになっていた。壊れたプラスチック製のプランターが放置されている。

庭に面した掃き出し窓もシャッターがおりていて室内はうかがい知れない。二階からバルコニーが突き出ていた。

「だれもいないはずなのに階段をのぼりおりする音が聞こえる。電気を消して外出しても、帰宅するとすべて点灯している。あるいは入浴中に明かりが突然消える。最初のうちは勘違いとも思えましたが、状況が改善することはありませんでした。M夫妻はわずか四カ月でこの家を去っています」

エアコンの室外機はボロボロで、電気メーターは停止していた。

「つづくS家は四人家族でした。小学生の男の子がふたりいましてね、入居当時、お兄さんは五年生、弟さんは三年生だったそうです。この家に引っ越してきてから、ふたりは無人の空間に話しかけるようになったといいます。洗面所の戸棚に頭を入れて何事かささやいていたり、冷蔵庫と壁の隙間を覗きこんで笑っていたり。S夫妻も奇妙な体験をするようになりました。パソコンに書いた覚えのない文章が保存されていたり、買ったばかりの牛乳がどす黒く変色していたり。そんなことがつづき、結局一年ほどで引っ越しています。最後のT一家も似たような体験をし、二カ月でこの家を離れました。それから五年以上、ここは空き家のままです」

建物をぐるりとまわり、スタート地点までもどってきた。これで簡易的な結界が張られたことになる。

「一周してひとつわかりました。六角屋敷はしっかり戸締りされているので、噂を聞いておもしろ半分でやって来た者も容易に侵入することができません」

「ですね」

「もう一度、裏へまわりましょうか。塀のおかげで死角になっていました」

ふたたび歩きだし、バルコニーの下で足を止める。

「ここでいいでしょう」

宗司は片膝をつくと、転がっていた石で軽く地面を掘り、手にしていた邪気祓いの香を、線香でも立てるようにそこへ挿した。つづいて先ほどのシガレットケースから赤い紙片を抜き出す。

小さくたたまれた折り紙だ。宗司は右手で紙片の端を持ち、左手の人差し指に当てる。そうして、す、と滑らせた。自分が傷つくわけでもないのに、椎奈は顔をしかめる。一瞬ののち宗司の指から血の玉が盛りあがってきた。

「椎奈くん、空きビンをよろしいですか？」

「あ、はい。すみません」

急いでトランクケースを開く。なかには透明の空きビンが一六本、きれいに収まっていた。ひとつ手に取り、フタを外して差し出す。受け取った宗司は慣れた手つきで、傷口から血を一滴、ビンのなかへと落とした。それをくり返してゆく。

ぽたり。ぽたり。ぽたり。ぽたり。ぽたり。

外気に触れた雪代の血液は怪異をおびき寄せる甘い蜜の役割を果たすという。と同時に、この世ならざる異形のモノたちにとっては自身を滅ぼす猛毒となる。

遥か昔、雪代の人間はケガレを積極的に体内に取り込むことで抗体を生成した。その効力は現代を生きる宗司にも受け継がれている。

宗司が最後の空きビンへ血液を落とした——次の瞬間。

こぽっ。

その底で黒い泡がわきあがった。共鳴するように、地面に置かれていたほかのビンの底からも、こぽ、こぽ、こぽ、と黒い泡が生まれていく。

じくり、と椎奈の左目の奥が痛む。

こぽ、こぽ、こぽこぽこぽこぽこぽっぽこぽっこぽこぽこぽこぽこぽぽぽぽぽぽ。

またたく間にビンが黒い液体で満たされていく。

液状化した悪意が害意が怨念が嫉妬心が、閉じこめられていく。

何度見ても奇妙な光景だ。

逝祓式——雪代の血液を利用し、汚染地点から負の要素を抽出することで一時的に怪異の内圧をさげ、そののち回収したケガレを浄めの詞に変換して弔う儀式。

椎奈は暗黒で満ちたビンをひとつ手に取る。この状態であれば危険はない。ガラス越しにも熱が感じられ、揺らしてもいないのに表面が波立っていた。

それは、別々のビンに閉じこめられたケガレどうしが引き寄せ合うからなのだという。元のひとつにもどろうとしているのだという。

「きれいな黒が出ましたね。いい物語が書けそうです」

視線を移すと、宗司が薄く笑みを浮かべていた。

ときどき椎奈は思う。宗司がなんの変哲もない市販のインクで物語をつづったのなら、そこに歪みが伴うことはないのだろうか？　そうだとして、その物語を雪守たちはどのように読むのだろう？　作風が変わった、と敏感に感じとるのだろうか。裏切られたと、そんな感想をいだくのだろうか。

だとしたら、夕顔らしさとは……。

「ご存じですか？　黒いインクを利用するのは日本を含めたアジア圏がほとんどで、海外で一般的に親しまれている色は青なんですよ」

宗司は手にしていたビンを光にかざしている。

「なにも見えません。一切の光を吸収する夜の色だ」

言って、まばたきよりも少し長くまぶたを閉じ、開いた。雲間から覗く月のように瞳が濡れている。くちびるが「夜は黒」とささやく。

「『夜は黒……瞑《つぶ》っても瞑っても、／青い赤い無数《むすう》の霊《たましひ》の落ちかかる夜。／耳鳴《みみなり》の底知れぬ夜《よる》。／暗い夜。／ひとりぽつちの夜。』」

「なんですか、それ」

「北原白秋《きたはらはくしゆう》の『夜』という詩の一節ですよ」

宗司は人差し指の血を舐め取った。

「すべての子どもは暗闇に怪物を見ます。白秋の『夜』は、幼いころに怖くて眠れずに過ごした夜を思い出させ、なつかしくも妖しく、なにより美しい」

このひとでも怖くて眠れない夜なんてあったのだろうか。

いや、あったのだろう。幼いころには。あるいは妻を亡くしたときにも。

雪代の人間でありながら、けれど宗司には彼らを【視】ることができない。雪代の目はすでに退化してしまったのだという。残されているのは、その血だけ。だから、仮にいま目の前に亡き妻が現れたとしても、宗司がそれと気づくことはない。

ふしぎなものだ。専門家であるところの宗司には【視】えず、自分には【視】えるのだから。五年前にこうなった。

宗司に救われたあのときから、椎奈の左目は、彼の左目でもある。

黒い夏のうたかた④

「わたしに、あなたを助けさせていただけませんか？」

そのひとの言葉に思わず顔をあげそうになり、でも椎奈は堪えた。つばを飲みこみ、腕に爪を立てると、そのひとも口を閉じた。

横たわる沈黙。静寂。首筋を伝う汗。椎奈は顔を伏せたまま答えた。

「……助かるわけない」

自分に起こっていることは常識で考えてありえないことなのだ。

それなのに助ける？　できるはずがない。

「ようやく声を聞かせてくださいましたね。ありがとうございます。でも、どうぞ安心してください。すぐによくなりますよ」

「よくなる？　おれが？」

「はい」

そのひとは即答した。その自信がどこから来るのかわからなかった。

「顔が……、顔が、ちゃんと、見えないんだ」

声は情けなく震えた。

「お母さまから聞いています。すべて特定の女性の顔に見えるとか」

「嘘じゃない」

「はい」

「本当に嘘じゃない！」

「はい。もちろん信じます」

「……信じる？」

「ええ。信じますよ。おそらく右の側頭葉《そくとうよう》にでも潜りこまれたのでしょう。そのあたりが知覚をつかさどる部位だと言いますし」

なにを言っているのか、理解が追いつかなかった。体を深く折り曲げると、抱き寄せた膝が汗で滑った。

「幽霊洞窟に行ってから、おかしいんだ」

「うかがっています」

「おれだけ、洞窟の奥で、祭壇みたいなのを、見た……」

「こけしと風車が供えられていたそうですね。どちらも象徴的です」

「象徴的？」

「風車はむかしから水子の供養に用いられてきました。水子というのはおわかりになりますか？　出産前に亡くなった子や生後間もなく命を落としてしまった赤ん坊のことです。また、こけしは、漢字で『子ども』を『消す』と書いて『子消し』と表し、口減らしの習慣を意味するとも言われます。その供養に用いられるこけしは、『子ども』の『化身』を意味する『子化身』なのだとか。俗説ですけど」

「口減らしって……殺すってこと？」

「椎奈くんが訪れたS海岸の幽霊洞窟について、古い文献などに当たってみました。昭和初期まで周辺では幼い子どもが失踪することを『洞窟に食われた』と表現したそうですね。当時は満潮になると洞窟は海中に沈んでいた。浮遊物が入りこむと、二度と外へ出てこなかったことが由来だとか」

　そのひとは、ひとつ息をついた。

「構造上、満潮時の洞窟に入りこんだ物が出てこない、ということはあったでしょう。しかし、その現象を子どもが消えることと結びつけてしまうのは、いくぶん短絡的で強引な気がしますね。そうは思いませんか？」

　返事をしない椎奈に気分を害する様子もなく、そのひとはつづけた。

「海で泳いでいた子どもが消えてしまったというのであれば、まだ理解できます。どんなに捜索しても遺体はあがらない。あれは洞窟に食われたに違いない、と。あるいは浜辺で遊んでいた子どもが目を離したすきに消えてしまった、ですとかね。しかし、近隣で子どもがいなくなれば、どのような状況であれ『洞窟に食われた』という言葉を使っていた。――となると、消えた子どもたちは、おそらく保護者たちによって処分されたのでしょう」

　いっそ優しい口調でそのひとは告げた。

「人身売買か、命を奪ったのか。それを『洞窟に食われた』と言ったにすぎません。共同体内における隠語と考えていいのではないでしょうか。罪悪感から洞窟に祭壇を設え、供養していたようですね。いまは、それも廃れてしまったようですが」

　椎奈の背中を玉の汗が落ちていった。

「だ、だったら、あの女は？」

　顔に穴があいた、椎奈の名前を呼びつづける、あの女は？

「定《さだ》かではありませんが、古い新聞に興味深い記事が掲載されていました。我が子が行方不明になった津岡《つおか》やす子《こ》さんという女性が半狂乱で洞窟に入ったそうです」

「津岡、やす子……」

「潮が満ちつつあったため、みなさんお止めになったようですが、彼女は聞き入れませんでした。そのうちに満潮を迎えました。潮が引いたのち村の青年団が内部を捜索しましたが、彼女はどこにもいなかったとのことです」

「消えた……洞窟に食われた？」

「情報が不足していますから真相はわかりません。どうとでも創作できます」

「創作？」

「記事に虚偽が混入していないともかぎりません。そもそも女性は洞窟になど入らなかったかもしれませんし、入りはしたものの堂々と出てきたかもしれません。記事を信じるのであれば、津岡やす子さんは洞窟内で命を落としたことになりますが、するど今度は遺体の消失が問題となりますね。しかし、それもまた、少し創作を加えれば解釈が成り立ちます。たとえば、遺体は洞窟内部にて青年団によって葬られた、なんていうのはどうでしょう」

「葬られたって……」

「浮遊物が入りこんだきり出てこないのは、洞窟内部に無数の小さな穴が存在するからではないでしょうか。洞窟内で遺体を解体し、その穴に押しこめば、まるで奇術のように遺体を消し去ることができるというわけです」

「なんで、そんなこと」

「あくまでも『洞窟に食われた』ことにしたかったのかもしれません。考えてもみてください。共同体では『洞窟に食われた』とは、子どもを処分することを意味します。であれば、津岡さんが洞窟に入ったところで我が子を救出できるはずがないんです。彼女がその実態を知らされていなかったか、受け入れられないほどに錯乱していた可能性も否定はできませんが、そうと理解するよりも、村人たちに強制的に連れていかれたと考えたほうがしっくりきます。彼女はきっと、我が子を『洞窟に食わせる』ことに同意しなかったのでしょう」

そのとき思い浮かべたのは、泣きわめくひとりの女性が大勢の人間に無理やり洞窟へ引きずられていく場面だった。

「だから、彼女には子どもたち同様、洞窟に食われてもらった、そんなところではないでしょうか。彼女は死してなお、お子さんを捜しているのかもしれません。あるいは、我が子を奪った者たちに復讐しようとしているのか。ふたつの気持ちをもはや区別できないのでしょう。復讐相手はすでにこの世にいないというのに――と、くり返しになりますが、すべてわたしの創作ですよ。真実を導きだすには情報が足りません。ゆえに、その女性の正体を追究することに意味などないのです。もちろん、怪異の因果を知ることは問題解決の助けにもなりますが、まあケースバイケースですね」

「ええ」

くちびるを噛むと、かすかに鉄の味がした。

「おれ、みんなに、説明、したんだ……けど、だれも、信じて、くれなかった」

「ええ」

「こんなこと、ふつうじゃない」

「みんな、おれが、おかしい、みたいに言いやがって」

「つらかったですね」

「声まで、するんだ。頭のなかで。おれのこと呼んでる。おれ、なにがなんだかわからなくて。ぐちゃぐちゃで。なんでおれだけって思って。みんなも、おれと同じ目にあえばいい、のに、おれだけが、どうして……くそ」

自分の太ももを殴りつけ、髪をかきむしった。暑くて寒かった。

「くそくそくそくそくそくそくそくそ」

「そのように、ご自分を粗末にするものではありませんよ」

その瞬間、椎奈の体がやわらかく包まれた。

「な、にすんだよ。離せ……離せよ！」

ふりほどこうにも、そのひとの腕は力強く、びくともしなかった。

「申し訳ないのですが、それには承服しかねます」

「意味わかんねえよ！　離せ！　くそ！　離せ！　ああああああああああ！」

椎奈は暴れた。こぶしを叩きこみ、肘打ちを食らわせ、膝で蹴りあげもした。

けれど、そのひとは椎奈を離そうとしなかった。椎奈はうまく息が吸えず、吐けなかった。やがて暴れるだけの気力も失われて、ふっと体から力が抜けた。

彼の手がゆっくりと椎奈の背をなでた。

「大丈夫です。大丈夫にしてしまいましょう」

おそろしく蒸し暑い室内で、そのひとの体は奇妙なほどひんやりしていた。背中に当てられた手も、まるで生きていないモノのように冷たかった。だけど、そのときはそれがたまらなく心地よかった。

「怖かったですね。ここまでよくひとりで耐えました。あなたは立派だ」

「立派、なんかじゃ……」

「心をむしばまれた者は、ときに自ら命を絶つ選択をしてしまいます。あなたはそうしなかった。ちゃんと生きているではありませんか。あなたは勇敢です、椎奈くん」

「おれはただ……な、なんなんだよ、あんた……」

「ですから、あなたを救いにきた者ですよ」

椎奈のなかで張りつめていたものが、崩れ、乱れ、あふれ出た。

「おれを、救う？」

「差し支えなければ」

「でも、無理だ、こんなの、こんな……」

「どうかご安心を。ひと助けはわたしの得意分野ですので」

「なんなんだよ、あんた、本当に……、本当にできる、の？」

「お任せください」

「ほん、とうに？」

「本当に」

「じゃあ――」

椎奈は溺れる子どもが手を伸ばすように、そのひとのシャツを握りしめた。強く。

そのとき、それが椎奈の命綱だった。

「――助けて」

ぽん、と冷たい手が椎奈の背中を叩いた。

「ええ、お安い御用です」

おそるおそる開けたまぶた。かすむ世界のなかで――。

彼を見た。豊かな白髪に、雪のように白い肌。派手なシャツを着て、メガネをかけていた。

彼は大量の黒いビンに囲まれていた。ビンそのものが黒いのではない。満たしている液体が黒いのだ、と、少し遅れて気づいた。

「ご気分はいかがですか？　椎奈くん」

問いかける声は甘やかに優しく、なのに、やはりどこか冷たかった。

鼻やあごがとがったシャープな顔立ちは、鷹などの猛禽類を連想させた。笑みを浮かべていてもやわらかさより鋭さが際立つ。あるいは、と椎奈は思った。眼帯をつけたあの安楽死専門のドクターにも似ている、と。

その後、椎奈の症状は急速に回復していった。

ひとの顔を見分けられるようになり、精神状態も安定した。家族は喜び、宗司に感謝した。学校に通えるようになり、部活にも復帰できた。みんなが歓迎してくれた。

椎奈は日常を取りもどした。

あの黒い夏は、いまはもう遠い。

けれど、家族には言えないことがひとつだけ残った。

それはまさしく後遺症とでも呼ぶべきもので。

椎奈の左目は、ときどき、異形のモノどもを【視】てしまう――。

ついてくるモノ

六角屋敷の次に、六角真司がトラックにはねられたという現場にも足を運んだ。そこは見晴らしのいい直線道路で、特別に問題のある場所とは思えず、左目が反応することもなかった。

「少し休んでいきましょうか。あそこにカフェもありますし」

交差点から一〇〇メートルほど向こうに看板が見えたので、歩いていってみると、郊外型の大きなカフェだった。かわいらしい外観で、パンケーキと手づくりソーセージが売りらしく、平日でもにぎわっている。

「なんで、おれ、三九歳のおじさんとふたりでこんなところにいるんだろう」

案内された窓側の席で注文を済ませ、椎奈はぼやいた。

「あ、ハラスメントですよ、エイジハラスメント。年齢差別です」

「はいはい。失礼しました。以後コンプライアンス意識の向上に努めます」

運ばれてきた宗司のパンケーキは三枚重ねで、ラズベリーソースのかかったホイップクリームにミントの葉が飾られていた。宗司はそこへ黄金のハニーシロップまで垂らして、パンケーキを溺れさせる。椎奈のパンケーキは『ぐりとぐら』に出てくる「カステラ」のようにふかふかで、ぬくまって溶けたバターが豊かに香っていた。

「椎奈くんのそれもおいしそうですねえ」「あげないけどね」「まあ、そう言わずに。わたしのもあげますから。はい、あーん」「やりませんが?」「外だからって恥ずかしがらなくてもいいじゃないですか」「家ではいつもやってるみたいに言わないでもらえます?」

となりの席の女性客ふたりが「年上敬語攻め」「からの下剋上」「尊死」などとささやきかわしているような気もしたけど、椎奈は強い心をもって自分のぶんのパンケーキを死守した。


帰りは運転を交代し、マンションの近くにあるスーパーでおろしてもらった。夕飯の食材を買っていくためだ。午後六時少し前のことだった。

「送ってくれてありがとう」

「いえ。こちらこそご協力いただきありがとうございました。気をつけて帰ってくださいね」

「先生こそ」

昼間は気持ちよく晴れていたのに、いまは分厚い雲で空がふたされている。スマートフォンで天気予報を確認すると、いつの間にか降水確率が八〇パーセントに更新されていた。傘は持ってきていないし、余計な出費をするつもりもないので、さっさと済ませて帰ったほうがよさそうだ。

買い物カゴを手に、椎奈は食材を選んでいった。ふだんは高いので買わないトマトに半額のシールがついていたのでカゴに入れる。半玉のキャベツも半額だった。もやしをふた袋。牛と豚のコーナーの前を通りすぎ鶏肉を吟味《ぎんみ》する。むね肉をカゴに入れる。牛乳をひとパック。詰め替えのインスタントコーヒーをひと袋。おれも主夫じみてきたなあ、と、しみじみ思う。

レジで代金を払い、買った物をリュックに入れてスーパーを出ると、雨が降りはじめていた。思わず舌打ちが出る。とはいえ、がまんできないほどではないので、マンションへと急ぎ足で向かった。

こまかな雨で顔が濡れる。路面が街灯の明かりできらきら光っていた。

そうして歩いていると、首筋に、ちり、と妙な感覚を覚えた。虫にまとわりつかれるのとも違う、もっとあいまいな気配。だれかに見られているかのような。

右からふり返って背後を確認してみる。が、だれもいなかった。

ただの気のせいかと思い、椎奈は歩きつづけた。

しかし、少しも行かないうちにまた違和感をいだく。うなじのあたりにべったりと張りつく、何者かの視線。見られている。そう感じた。

それだけではない。椎奈のスニーカーが立てる足音とはべつに、もうひとつ足音が聞こえていた。こちらの歩調に合わせながらも、自らの存在を知らせるように、わずかにタイミングをずらしているみたいだった。

ざっ（ざりゅ）ざっ（ざりゅ）ざっ（ざりゅ）ざっ（ざりゅ）。

「べとべとさん」という妖怪の名前が頭をよぎる。夜道を歩いていて、だれかがうしろをついてきている気がすれば、それが「べとべとさん」だという。不気味なことに違いはないけれど基本的には無害であるらしい。もしもそういう気配がしたら、道の端に寄り、「べとべとさん、先へお越し」と言えば消えてしまうのだと、宗司が話していたことがある。

椎奈は街灯の下を足早に通過した。すると光源の位置が変わって、うしろから照らされる形になる。それまで背後にあった影が前方へと伸びていく。と同時に、もうひとつ、何者かの影も伸びてきた。え、と思い、椎奈は足を止めた。

ざっ（ざりゅ）――。

もうひとつの足音も、一拍遅れて止まった。

かすかに悪意のようなものを感じ、じわりと頭皮に汗をかく。

椎奈は素早くふり返った。

しかし、背後に通行人はいなかった。足もとに伸びていた影も消えている。

六角屋敷にいた怪異がついてきたのか？

それとも、もともとここに留まっていた異形の仕業か……。

いや左目に異常はない。なにも【視】えない。ということは、やはり気のせいか。

昼間、あんなところへ行ったから過敏になっているに違いない。そう自分に言い聞かせ、椎奈は走りだす。リュックにつめた食材が背中に当たって痛かった。

共用エントランスを抜け、エレベーターに飛び乗る。

『3』のボタンを押してから、壁に寄りかかり、呼吸を整えた。

エレベーター内には車イスの利用者のためにミラーが設置されている。そこに映る自分は情けない顔をしていた。

袖で顔を拭い、もうひとつ息をつく。衣服にはかすかに邪気祓いの香が残っていた。不浄のモノどもはこの香りだけで遠ざけられる。だから安心していい――そう思った直後に首筋がぞくっとする。

だれかにそっと触れられたみたいだった。

しかし、もちろんミラーには自分しか映っていない。

首のうしろに手を当て、皮膚をこする。顔の前へ持ってくると、手のひらに一本の髪の毛が張りついていた。

「な、なんだよ……」

脱力してすわりこみそうになる。おかしな気配に感じていたものの正体はこの髪の毛だったらしい。こんなものにびくびくしていたのかと思うと、我ながらマヌケだ。六～七〇センチはあるので椎奈の髪ではない。スーパーでついたのかもしれない。雨に濡れたせいで付着したままになっていたのだろう。

それにしても、だれのものともわからない髪の毛がついていたというのは、あまり気持ちのいいものではない。髪の毛をふり払い、顔をあげる。

とたんに、あれ？　と思う。

ミラーには相変わらず自分が映っていた。

しかし、おかしかった。そう、おかしい。明らかに。

ミラーを覗きこむとき、鏡像もまたこちらを覗きこんでくる。そういうものだ。さっきまではそうだった。そのはずだ。

なのに、いま、ミラーのなかの椎奈は、こちらに背を向けていた。

左目が、じくり、と痛む。心臓が不規則にはねあがる。

ミラーのなかの椎奈が、ゆっくりとこちらへ顔を――。

チン。三階に到着した音が響く。扉が開くと同時に慌てて外へ出た。今度こそふり返らずに、自分の部屋へと急ぐ。

ケガレとケガレ

大学の最寄り駅から電車で二〇分、そこから歩いて一〇分ほどの場所に雪代宗司の自宅はある。新婚当初、中古で購入したという木造モルタルの二階建てだ。夫婦で生活していたその家に、宗司はいまもひとりで暮らしている。

午前六時二四分。椎奈は表のインターフォンを連打していた。しまくっていた。

白と緑のツートンカラーの軽自動車が行儀よくとまっている。雨は夜のうちにやんで、朝日が世界を輝かせていた。庭ではハツユキカズラの花が咲いている。

『――はい。どちらさまでしょうか？』

いかにも寝起きといった声が聞こえてきて、椎奈はインターフォンのカメラに顔を近づけた。

「先生、おれだよ！　なんで電話出てくれないんだよ！」

ゆうべは帰ってすぐ連絡を試みた。しかし、何度電話しても、留守番電話サービスにつながるだけだった。メッセージを吹きこんでも折り返しの連絡はなく、メールにもいまのいままでリプライなし。やむを得ず、こうして襲撃しているのであった。

『ああ、椎奈くん』

あくびを挟み、宗司はつづける。

『どうしたのです？　電話？』

あくまでものんきな宗司に向かって、椎奈は声を大きくした。

「先生！　おれ、なんかやばいかもしれない！」


これまで幾度となく訪れた雪代家のリビングダイニングは積みあげられた本の塔で迷宮と化している。著者もシリーズも判型も不統一で、谷崎潤一郎《たにざきじゆんいちろう》や岡本かの子《おかもとかのこ》、サルトルの全集のなかに、フェイントのように日に焼けた『ギャグマンガ日和』が紛れている。ひとりで暮らすには広すぎる家ではあるものの、この蔵書量を見れば妥当なのかもしれない。

テレビのなかで気象予報士が今日の天気を告げている。テーブルの上ではインスタントコーヒーが湯気をあげていた。陶器のマグカップは色違いのペアだ。椎奈が使っているものは緑で、宗司が使っているものは青。青のそれには修繕したあとが見える。椎奈の手元にあるカップは、きっと宗司の亡き妻の物なのだろう。

向かい合った宗司は髪の右側が大きくはね、薄くひげが伸びていた。中華風のセットアップを着ている。

そんな彼にきのうの出来事をすべて話して聞かせた。

「なるほど、椎奈くんにそんなことが」

宗司は砂糖を二杯入れたコーヒーをスプーンでかき混ぜる。

「ユキ先生はなんともないんですか？」

「ゆうべは六角屋敷で回収したケガレを使って原稿を書いていましたが、とくに障りはありませんでしたね。ここは結界内でもありますし」

「もしかしたら六角屋敷にいた霊がついてきてるのかも」

椎奈はマグカップを両手で包んだ。

「体調がわるくなったとか、怪我をしたとかじゃないんですけど」

右側からふり返っても、いまはなにも【視】えなかった。上野《うえの》暸《りよう》の『ひげよ、さらば』の表紙に描かれた赤い猫と目が合っただけだ。

「きのう、エレベーターをおりてからはなにかありましたか？」

宗司に問われて、視線をもどす。

「これと言って特別なことはなにも。いったん部屋に帰ったんですけど、ユキ先生、電話に出てくれないし、ひとりでいても不安だったんでサークルの先輩のところに泊めてもらいました。ほら、先生が本にサインした陸井汰角さん」

知るかぎりで椎奈のマンションに最も近いところに住んでいる知人が汰角だった。歩いて一〇分ほどの距離にあるメゾネットタイプの部屋を借りている。ダメ元で泊めてもらえないかとメッセージを送ったところ、すぐに了承の返事があり、急いでそちらへ向かったのだった。


「タツさん、急にすみません」

「遠慮すんな。今日はバイトもないし。ゲームしてただけだから」

迎えてくれた汰角は、薄手のパーカーにジョガーパンツという格好だった。

「濡れてんじゃん、ウサ。すぐシャワー浴びろよ。着替えは？」

「あ」

「じゃあ貸してやる。おれのだとちょっと小さいかもだけど」

脱衣所に案内されたところで、食材が入ったままのリュックを背負っていたことに気づき、泊めてもらうお礼としてすべて献上することにした。

その結果、夕食は鶏むね肉ともやしとキャベツを牛乳で煮てコンソメとコショウで味を調えたシチューとなった。

「そういや、六角屋敷だっけ？　水石の地元にある幽霊屋敷みたいなとこ」

白いローテーブルにはシチューのほかに、あさりの佃煮とトマト、白いごはんが並んでいた。それと汰角の手元には『ALC．7％』と記された缶チューハイ。二〇歳未満の椎奈は麦茶をグラスに入れてもらった。

「雪白先生と取材に行ってきたんだろ？　どうだったよ？」

「えっと、まあ、ふつうの空き家でしたよ。特別なことはなにも……。タツさんもそういうの興味あるんですか？　オカルトとか怪談とか」

雪代の力や自分の左目についてはひとに話さないことにしているので、椎奈は話の方向を少しばかり変えた。

「興味があるっていうか」

箸を置いて缶に口をつけた汰角は、急にこんなことを言った。

「おれさ、幼稚園くらいのころ近所のお姉さんとよく遊んでたんだよ」

ずいぶん話が飛んだけれど、椎奈は口を挟まず耳を傾けた。

「一四～五歳だったんだろうけど幼稚園児からしたらおとなと変わらないよ。本を読んでもらったり、いっしょに泥だんごをつくったり。優しくてきれいな子だった。おれはそのひとが大好きだった。あのころは、おれ、初対面の相手と話すのが苦手で、あんまり友だちもいなかったんだよな」

「意外です」

「ひとりでブロック積みあげてるような子どもだったよ。ただ、そのお姉さんだけは例外だった。うん、そう。すごくなついてた」

汰角が缶を持つ手に力をこめたせいで、アルミが、ぱり、と音を立てた。

「あるとき、おれは庭で飛べなくなった鳩を見つけた。猫とか、ほかのでかい鳥にでもやられたのか、血に濡れてんだけど、まだ生きてて。すごくかわいそうでさ、なんとかしてやりたいのに、どうしていいかわからなくて、そんなとき、お姉さんに助けを求めたんだ。そしたら、お姉さんはいつもの優しい笑みを浮かべて謝った。ごめんね、この子はもう助けられない、って。お姉さんはおれの目から隠すようにして、その鳩の命をおわらせた」

汰角は目を細めた。幼い子どもには、つらい経験だったろうと察せられた。

「ふたりで庭に埋めてあげて、鳩のために手を合わせた。そこに母親が来たんだ。なにをしてるのか訊かれたから、おれは事情を説明した。そしたら、母親がふしぎそうな顔して言うわけ」

わずかに間をあけて、汰角はつづけた。

「お姉さんってだれ？　ってさ」

「……マジですか」

「お姉さんは存在してなかったって話。と言っても、怪奇現象ってのとはちょっと違うかもだけど。あれはイマジナリーフレンドだったんだと思う」

「ああ、小さいころにだけ見える空想の友だちってやつですね」

「同年代の子じゃなくて、年上が見えてたっていうのは、おれの理想だったのかね。おれ、年上好きだし」

冗談めかして言い、汰角は長めの髪を耳にかけた。そのしぐさが妙に色っぽく見えて、椎奈はドギマギした。そんな自分をごまかすように視線を逃がしたところ、授業のテキストとともに本棚に並ぶ雪白夕顔の著作が目に留まった。

「タツさん、ガチの雪守だったんですね」

「ん？　ああ、まあな」

彼も椎奈の視線を追いかけて本棚を見た。

「なんて言うのかな、雪白夕顔の作品って不道徳的で残酷だし、すげえ冷たいんだけど、でも、どっか血が通ってるだろ？　そこがいいんだよな」

「血が？」

「んー。たとえばだけど、命に関わる場所の血管をナイフでぶっつり切っちゃったとするだろ？　出血多量で血圧が低下して、瀕死の危機にあるはずなのに、傷口がやけにあったかいもんだから、なんか安心しちゃう、みたいな？」

汰角はかすかに笑い、それから目を伏せた。

「一六のときに読んだ『窒息する蝶』に感動しちゃってさ。現実ではありえない、おれの身には起きないような話なのに、おれのことが書いてあるみたいで、ぼろぼろ泣いちゃったんだよな」

話しながら缶のふちをなぞる汰角の指はとても細かった。

「たまにさ、映画とかマンガの残酷描写が問題になるだろ？　子どもに悪影響を与えるとかって。過激な描写に接しつづけると慣れるというのはあると思う。でも、ああいう批判をしてる連中は想像もしないんだろうな。フィクションのなかのどうしようもなさに、たしかに救われてる子どもがいるなんて。おれにとって雪白夕顔は大げさじゃなく命の恩人なんだよ」

一年ほど前、雪守たちのあいだで自傷写真をＳＮＳにあげることがトレンドとなったことがある。雪守たちはそうすることで連帯し、生き延びた。事態を重く受け止めた各出版社が、やめるよう呼びかける宗司の言葉を公式として発信し、一応の収束はみたけれど、現在でも完全になくなったわけではない。

ひとはだれしも心の奥底に凶暴な闇を飼っている。それでも、ほとんどの者が何食わぬ顔で日常を送っている。送っていける。そうして一生をおえていく。

けれど一定数の人間が雪白夕顔の作品を読むことで、飼い慣らしていたはずの闇を解き放ってしまう。

もちろん、すべてのひとが、ではない。でも少なからぬひとが。

その一方で、汰角が言ったように、夕顔の作品によって救われたと感じる者もたしかに存在する。他人の命を、自分の命を、奪わずに済んでいる人間がいる。雪白夕顔の作品にはそういう力がある。

そのひとが雪守であるか否かを判別する基準はシンプルだ。

倫理観の欠如した雪白夕顔の作品を読んで、涙を流したことがあるか。

たったそれだけ。

そして椎奈は夕顔の作品にだれより近くで接していながら、一度も泣いたことがなかった。そのことを宗司にも、雪守たちにも、少し、申し訳なく思う。

汰角は缶をあおり「ところでさ」と言った。

「ウサって雪白先生のところでバイトしてるんだって？」

「あ、はい。原稿を入力したり、部屋の片づけとか雑用ですけど」

椎奈はあさりの佃煮を白米に載せて、口に入れた。

「むかしの書生みたいだな。てか原稿入力ってマジか。そういや、執筆は手書きって前にインタビューで答えてるの読んだわ。お気に入りの万年筆があるんだろ？」

「ああ、はい」実は高一のときに自分がプレゼントしたものだ、ということは黙っておく。「万年筆って筆圧がいらないらしくて、長時間書いても疲れないそうです」

「へえ。ウサは先生の直筆の初稿が読めるわけ？　やば。生原稿やばいでしょ。うらやましすぎる。おれもバイトさせてもらえないかな」

「あー、おれ、ユキ先生と親戚なんですよ。先生の亡くなった奥さんとうちの母親がいとこでして。おれから見ると、従叔母《いとこおば》の配偶者って立場らしいです。ややこしいんですけど。それで大学に入る前からちょこちょこ手伝わせてもらってるんです。なので、基本的にはバイトの募集とかしてるわけじゃないんですよ」

「先生が奥さん亡くしたのって、けっこう前だよな？」

「ですね。おれも会ったことないです」

「でも、いまも結婚指輪してるんだな……。これって訊いていいのかな。奥さんってどうして亡くなったんだ？」

「おれもくわしくは知らないんです。母が言うには病気だったみたいですけど」

「そっか。先生、いまもまだ亡くなった奥さんを想ってるんだな」

そのあとは取り留めのない話をした。

動画を見てジウに好意をいだいた会社員が大学にもぐりこみ、おおごとになったことがあるとか。汰角には現在、特定の恋人はいないだとか。椎奈はひそかに、ジウと汰角がつきあっているのではと思っていたのだけど、そうではないらしい。

綺晶のとっておきエピソードも聞かせてもらった。去年、電車内で痴漢にあっていた女子高校生を助け、警察から感謝状を贈られたという。

汰角にせがまれ、雪代宗司の奇人変人伝説も披露した。セミを食す描写をしていた際、どんな味がするのか気になって試しにかじってみたところ、食中毒となり病院に担ぎこまれた、というような残念なやつである。そもそも、なぜそのようなシーンが存在するのか謎すぎる。汰角は「露伴《ろはん》先生かよ！」と噴き出していた。

と、そのように汰角がつきあってくれたおかげで、恐怖を感じることもなく無事に夜を越すことができたのだった。


「ひとまず椎奈くんが無事でなによりです」

宗司はコーヒーに口をつけ微笑んだ。が、その笑みをすぐさま引っこめる。

「しかし、喜んでいられる状況ではなさそうですね。邪気祓いの香を無視してつけてくる奇妙な足音……長い髪……鏡に映ったもうひとりの椎奈くん……」

ぶつぶつとつぶやきながら、宗司はこぶしをあごに添えた。

テレビから朝のニュースが聞こえてくる。アイドルの薬物報道。横浜ではネグレクト状態にあった幼いきょうだいが餓死し、市の職員が会見を開いていた。同じく神奈川県内の山中で白骨化した遺体がキャンプ客によって発見されたという。凶器とみられるナイフも埋められていて、警察が販売元を調べている。嫌な話題ばかりだ。

少しして宗司が口を開いた。

「もう一度、六角屋敷へ行ってみましょうか」

「やっぱり、六角屋敷が関係してるのかな？」

「そのように考えるのが妥当かと」

「行ってどうにかなるもの？」

「確約はできませんが。未完了とはいえ儀式を実行中なのですから、本来、怪異は鎮まるものです。自画自賛のようで気が引けますが、雪代の血の効果はたしかです」

「それはおれもそう思う。先生の力は本物だ。信じられる」

「ありがとうございます」宗司は右の頬にえくぼをつくった。「おそらく相手は浄められることを拒否しているんです」

「拒否」

「救われたくない理由がある。相手はそれを伝えようとしているようにも感じられます。椎奈くんは左目の特異性ゆえ、異形のモノと波長が合いやすい。向こうにコミュニケーションを取るつもりがあるのなら、応じられるかもしれません」

「たとえばですけど、失踪した六角恵美理が亡くなっていたとして、自分の遺体がどこにあるのかを伝えようとしているとか？」

「その場合、恵美理さんのご遺体を見つけて、供養してあげることで解決するかもしれませんね。とにかくもう一度、六角屋敷へ向かいましょう。着替えてきます」

　席を立った宗司を見あげる。

「え、いまからですか？」

「もちろんです。善は急げと言いますし」

「いや、けど、先生、今日は授業あるでしょ？　午後イチで。創作のやつ」

　雪白夕顔こと雪代宗司の文芸創作演習は、二年時から履修が可能となるものの、倍率が高いため、授業登録の希望を出しても抽選に漏れる学生が毎年あとを絶たないという。自分のせいで、急な休講とさせるのは申し訳ない。

「お気になさらず。授業よりも椎奈くんのほうが大切です」

「気にしますって。というか、先生、午前中に出版社と打ち合わせもありましたよね？　おれ、カレンダーに書きこんだ記憶があるんですけど」

「打ち合わせ？　今日ですか？」

　椎奈はスマートフォンを取り出した。充電の残量が少なくなっている。あとで充電しなければと思いつつカレンダーを確認したら、やはり予定に入っていた。「ほら」と突き出すと、宗司は身を乗りだし、メガネの奥の目をまたたかせた。

「え、本当ですか？　まったく覚えていませんでした。え、自分が怖い」

「先生、そういうとこあるよね」

おそらくきのうのうちに担当編集者から確認のメールも届いているはずだ。チェックしていないというだけで。このひとはそういうひとだ。

「では、打ち合わせは後日に変更していただきましょう」

「待って待って。いくらなんでも、おれを優先させすぎですって」

「いけませんか？」

「当たり前みたいに言わないでください。おれのこと好きすぎかよ」

「ええ、それはもう。首輪をつけて部屋に閉じこめておきたいくらい」

「ドン引きですが」

宗司はくちびるの端をわずかに歪める。

「冗談はともかく、あなたが心配なんです」

「いや、おれも一限から必修の授業あるし」

あごをなでると、ざらりとしたものが指に引っかかった。

「先生がおれを気づかってくれるのはありがたいけど、日常を犠牲にはしたくないっていうか、犠牲にすべきじゃないっていうか。当たり前を、ちゃんと当たり前にこなすって強いじゃないですか。そういうの大事だと思うんです。だから、明日でどうですか？　午後とか」

もちろん不安がないわけではない。しかし、まだ実害が出たわけでもなかった。せいぜい寝不足になったくらいか。中学時代に体験した悪夢の日々にくらべればかわいいものだ。明日は講義がふたつ入っているけど、これはあきらめよう。

「椎奈くんがそう言うのでしたら」宗司は後頭部に手を当て、イスにすわり直す。が、すぐにまた立ちあがった。「少し待っていてください」

部屋の外から階段をのぼる音が聞こえてくる。

椎奈はコーヒーを飲み干し、室内を見まわした。本の塔がそびえ立つなか、出入り口付近のキャビネットの上に写真立てが置いてある。宗司の妻の写真だ。レモンイエローの袖のないワンピースを着た彼女は奥二重の目を細め、両手を使ってハートをつくっていた。キャビネットだけがきれいに片づいている。椎奈はそちらへ近づいた。

写真に向かって、椎奈は「おじゃましてます」と声をかける。

すぐに階段をおりてくる音がした。

「お待たせしました」

宗司は無数の黒猫がプリントされたシャツに着替えている。

「こちらをどうぞ。せめてものお守りです」

手渡されたのはボールチェーンに通されたボトルペンダントだった。ボトルの直径は一センチくらいで高さが三センチほどある。そして黒い液体で満たされていた。

「これって」

「六角屋敷で採取したものとはべつの、サンプルとして保管していたケガレです。異なる呪いどうし、反発し合ってくれるでしょう。毒を以て毒を制すというような発想ですね。もちろん混ぜるな危険でもありますけど」

採取したケガレは怪異を鎮めるために基本的には使い切る。しかし一部は標本として残され、宗司の管理下に置かれる。

「それとこちらも」

もうひとつ差し出されたものは――。

「この家のカギです。少し遅くなりましたが、入学のお祝いです。わたしは無精なもので、携帯電話を不携帯でいることも少なくありませんし」

「そこは携帯したほうがいいと思う」

「もしもなにかあれば、ここへ避難してください。事前の断りも不要です」

「いいんですか？」

「ええ、もちろんです」

渡されたカギをにぎりしめるとギザギザが手のひらに食いこんで、鈍く痛んだ。その痛みが心強い。

「ありがとう」

「さてと。おなかがすいてきましたね。椎奈くんも朝食はまだでしょう？　近くにおいしいモーニングを出すお店があるんですよ。フレンチトーストが絶品でしてね。七時開店なので、ごいっしょにいかがですか？」

宗司と朝食をとったあと、いったん自分の部屋にもどることにした。左目は無反応だったので、ひとまずほっとする。

念のため部屋の出入り口と東西南北、表鬼門《おもてきもん》と裏鬼門に盛り塩をしておいた。表鬼門とは邪気が入りこむ方角とされる北東の隅を、裏鬼門は反対の南西を意味する。陰陽道における考え方だと、宗司から教わっていた。気休めにはなりますよ、と。

歯をみがき、シャワーを浴び、首にかけたボトルペンダントをシャツの内側に入れて、椎奈は大学へ向かった。

気が張っていたせいか一時限目の授業は起きていられたけれど、二時限目まで緊張感がつづかず、開始一〇分ほどで寝落ちしてしまった。友人ふたりに起こされたときには壇上に立っていたはずの教授はいなくなっていた。

「ウサ、寝すぎだろ」「いびきかいてたぞ」「……マジか」「先生、ずっとにらんでたよな」「な」「……マジか」「それはともかく昼、カレー食いに行かね？」「パキスタン料理屋に行こうって話しててさ」「マトンのカレーがうまいんだよ」「絶品」

にぎやかな場所にいたほうがいいと思い、同行することにした。

文学部棟を出て、スロープをおりると、広場で軽音サークルらしき女子ふたりが大ヒットアニメの主題歌を演奏していた。

友人のバイト先での失敗談に耳を傾けながら正門をとおりすぎる。と道の向こうから綺晶が歩いてくるのが見えた。シャツワンピース姿でキャンバス地のトートバッグを肩からさげている。彼女も友人と並んでいた。建物と建物のあいだを風が吹き抜けてほこりが舞う。ちくりとして椎奈は目を細めた。

「お、ウサくん。ちーす」

こちらに気づいた綺晶が右手をあげる。

「水石さん、こんにちは」

「これからランチ？」

「はい。カレー食べに行こうって話してて」

「いいね、カレー。あ、そうだ。ちょっと訊いてもいい？」

「はい、なんです？」

「あ、ウサくん、うしろ」

肘に触れられ、歩道のまんなかから端に寄る。椎奈の友人ふたりは数歩先に行ったところで待ってくれていた。綺晶の友人も足を止めている。目が合うと、彼女は微笑んだ。

「ウサくん、なんかユキ先生と同じにおいするね」

顔を寄せてきた綺晶が犬のように鼻をすんすんと鳴らす。急に距離を縮められ、にわかに心臓がはねあがった。水石さんこそいいにおいします、と思う。

「えっと、今朝、いっしょにごはん食べたんで、そのせいかも」

この香りをまとっているあいだは、怪異も安易には近づいてこられない。なんて、彼女に説明できるはずもないが。

「え、なにそれ、もしかしてお泊りってこと？　そのへんくわしく」

目をきらきらさせた綺晶が架空のマイクを向けてくる。椎奈はその手をそっとおろした。

「いや、むしろきのうはタツさんのとこ泊めてもらいました」

「なんだと、この浮気者め。けしからん。どっちかにしなさい」

「意味わかんないんで……。それで、訊きたいことってなんです？」

「ああ、うん。ＳＮＳにあげてた写真だけど、あれって六角屋敷だよね？」

「えっ、と……」六角屋敷の写真？「なんのことですか？」

「ほら、ウサくん、さっきアップしたでしょ？」

なにを言われているのか本当に理解できなかった。

「おれ、今日はなにも投稿してない、ですけど」

じわっと口のなかに苦みが広がる。

「そうなの？　あれ、おかしいな」

椎奈はスマートフォンを取り出し、自分のＳＮＳのアカウントを確認した。

瞬間、左目がじくりと痛んだ。スマートフォンを持つ手が汗ばむ。

綺晶の言うとおり、六角屋敷の写真が投稿されていた。夕日の赤に染まっている。

しかし、こんなことはありえない。写真の投稿をしていないどころか、そもそも六角屋敷を撮影してさえいないのだから……。

クリスチャンが十字架にすがるように、椎奈はシャツの上からボトルペンダントをにぎりしめた。

落ちつけ。大丈夫だ。大したことではない。これくらい慣れている。

「と、友だちのいたずらだと思います」顔が引きつらないよう注意して答える。「スマホ置きっぱなしにしてるあいだに、いじられたのかも」

「ああ、そういうこと。てか、ウサくん、スマホぞんざいに扱いすぎでしょ。個人情報の塊《かたまり》だよ？　気をつけないと。初対面のときも落としてたし」

「すみません……」

「いや、わたしに謝ることじゃないけど」

そこでまた、綺晶がこちらを覗きこんできた。

「ねえ、ウサくん、平気？　なんか顔色わるいよ？」

「な、なんでもないです。少し寝不足で。あと今日、ちょっと暑いですし」

「たしかに夏も近いもんね。それで、どうだった？　きのうユキ先生と取材に行ったんだよね？　六角屋敷。なにか見たり聞いたりした？」

「あ、はい。いや、ふつうの空き家でしたよ。とくになにもありませんでした」

くわしい話は、汰角のときと同様に伏せておく。

綺晶は下くちびるを突き出し、露骨に残念そうな顔をした。

「なんだ。つまんない」

「あ、ただ、女の子が失踪した順番が違うみたいです」

「なにそれ、どういうこと？」

「水石さんの話だと、六角屋敷に住んでいた女の子が最初に行方不明になって、そのあと家族に不幸がつづきましたよね。そして新たに六角屋敷に越してきたべつの一家からも行方不明者が出たって」

「うん」

「実際には、最初に行方がわからなくなったのは近所に住む女の子のほうみたいです。それから少しして、六角屋敷の女の子もいなくなり、両親が立てつづけに亡くなられたとかって」

「そうだっけ？　記憶があいまいだ。噂をまるのみにしちゃった」

「フェイク情報のほうが拡散しやすいって、ユキ先生も言ってました」

綺晶は右肩にさげていたトートバッグを左肩に移す。

「ユキ先生といえば、汰角がサインもらってた『花に髄』って本、わたしも図書館で借りたんだけど、ウサくんも読んだんだよね？」

「はい、一応。おれは、タツさんみたいに雪守ではないですけど」

「あの本、読んでると、不安になってこない？」

寒いわけでもないだろうに、綺晶はワンピースの袖の上から二の腕をさすった。

「不安、ですか」

「ホラーとも違うんだけど、けっこう怖いでしょ？　なのに、きれいで。なぜだか悲しくもあって。なんだろ。どこが怖いのかな」

綺晶はそこに答えを求めるように斜め上を見た。

「残酷な描写そのものが怖いんじゃないと思う。グロ耐性あるほうだし。なんて言うか……いままで自分が信じてた正しさみたいなものが、実はそれほど正しくなかったんじゃないかって気がしてくる感じ、かな。うまく伝えられないんだけど」

自分の言葉の不確かさに戸惑うように、綺晶はくちびるをとがらせる。

「料理をしていて包丁で指を切っちゃって、痛っ、て傷を見たら血が赤くなかった、なにこれ、わたしってなんなの？　みたいにぞっとするって言うか」

　着地点こそ違っているものの、汰角も似たようなことを言っていた。血液をたとえに使うところも共通している。夕顔の作品はどこか血のにおいがするからか。

　それもやはりオリジナルの原稿がケガレで書かれていることに由来するのかもしれない。

「夕顔の作品はそんなのばっかりですよ。免疫がないと毒気にあてられるのかも」

「ユキ先生ってふしぎだよね。あんな穏やかで優しそうなのに、こんなの書いちゃうんだなって思った。でも、案外そういうものなのかな。ふつうの顔して歩いてるそのへんのひとだって、それはフリってだけで、ぜんぜんふつうじゃないのかもしれないしね……って、ごめん。なに語ってんだろ。長々と引き留めちゃった」

「あ、いえ、こちらこそ。友だち、お待たせしちゃってすみません」

　椎奈が言うと、綺晶はまばたきをした。

「友だちって？」

「え、ほら、そちらで待ってくれてる――」

　視線を向けると。

　綺晶といたはずの友人の姿は、どこにもなかった。

「わたし、ひとりだけど？」

そういえば、どんな人物だったろう？　顔は？　服は？　髪型は？

なぜか、まったく思い出せない。ほんの直前の記憶のはずなのに。

ただ、左目が、じく、じく、と、うずく。

綺晶とわかれ、店に到着してから先ほどの六角屋敷の投稿は削除した。店内はスパイスの香りに満たされて、友人ふたりは意気揚々とメニューを眺めているけれど、椎奈はもう食欲がない。

再訪

「ゆうべはよく眠れましたか？」

運転席の宗司は、今日も派手な柄のシャツを着ている。

「はい、まあ、それなりに」

嘘だ。ほとんど眠れていない。フロントウィンドウから見える青空のまぶしさに、助手席にすわる椎奈は目をしょぼつかせた。

二日つづけて汰角の世話になるのは図々しいし、かといってほかの友人に頼むのも気が引けて、きのうは自分の部屋へもどってみた。盛り塩に変化は見られず、左目も無反応だったけれど、それで安全が担保されるわけもなく、不安から目をそらそうと朝まで動画をながめていたせいで完全に睡眠不足だった。いま運転すれば確実に事故を起こす。

「そんなことより、これ、失踪した三人の資料ですよね？」

車に乗る前、宗司よりクリアファイルを手渡されていた。

「ええ。きのうの打ち合わせで、担当編集者さんに六角屋敷の話をしてみたのですけど、興味を示してくださいましてね、その場ですぐに集めてくれました。少女らの失踪後に家族が配ったビラやポスターをプリントアウトしたものです。怪異の正体を知る手掛かりになるかもしれません」

「おれもこの写真、ネットで見ました。検索かけたら出てきたんで」

どうせ眠れないのだからと、きのうのうちに、椎奈も改めて六角屋敷に関する怪談について調べていた。

ひとりの少女が行方不明となり、その両親が不可解な死を遂げた家。入居者は不気味な現象を経験し、やがて新たな行方不明者を生む。その家はいつしか六角屋敷と呼ばれるようになる――……。

椎奈はコピーされたビラの写真をじっと見つめた。

中学生の宝田波璃は制服姿で写っていた。この年ごろの少女らしく、ややふっくらしている。明るく活発な性格で、ダンス部に所属していたという。

亀井有菜は切れ長の目をした少女だ。表情のせいか大人びて見える。生年月日や身長体重とともに失踪当日の服装などが記されていた。

六角恵美理のほうは目鼻立ちのはっきりした少女で、左の八重歯が特徴的だった。やはり生年月日や身長体重とともに、失踪時に着用していた衣服が記載されていた。すべてに、若崎警察署の電話番号が載っている。

「次にプリントアウトしたものは公式には出回っていません」

宗司はスムーズに車線変更をおこなった。

「被疑者の写真です。蜂巣《はちのす》広樹《ひろき》、当時三四歳」

高校の卒業アルバムの写真だろうか、男は紺色のブレザーを着ていた。髪を明るい茶色に染め、左右の頰がニキビで赤らんでいる。

「高校卒業後、蜂巣広樹は職を転々としていたようです。三人の少女が失踪したときは、市内の建築解体業者で働いていました。寮で暮らしていたと記録にあります」

前の車のブレーキランプが赤く灯り、宗司も車を減速させる。

「蜂巣広樹には現在の不同意性交等罪に相当する前科があります。一度目は被害者側と示談が成立したため不起訴となりましたが、二度目は懲役三年の実刑判決が出ています。被害者は予備校帰りの高校生でした。服役後に解体業に就いているのですが、立件されなかっただけで余罪もあるようです」

「胸くそわるい」

「宝田波璃さんを捜索するにあたり、警察は生活圏内の複数の防犯カメラの映像を調べています。それにより蜂巣広樹の所有する白の軽自動車が確認できました」

「あやしいですね」

「ダンス部に所属していた波璃さんは一七時半ごろにご友人方と学校をあとにしましたが、自宅方向が違うため、途中でひとりになりました。彼女が利用していた通学路にはガソリンスタンドがありまして、波璃さんらが学校を出たころ、その防犯カメラに蜂巣広樹の車が映っていたそうです。もっとも、その段階では疑わしい人物のひとりにすぎませんでした。が、亀井有菜さんが失踪した際にも付近を走行する彼の車が防犯カメラの映像で確認でき、関与の可能性が高まりました」

「それでも、逮捕はされなかったんですよね？」

椎奈は手元の写真から宗司へ視線を移す。前を向いていた宗司が一瞬だけこちらに視線を寄こした。

「周辺への聞きこみと任意の事情聴取に留まったようです。蜂巣広樹自身は犯行を否定しています。付近の防犯カメラに車が映っていただけでは証拠になりません。また、六角恵美理さんが姿を消したその日にも、蜂巣広樹の車はたしかに確認できるのですが、彼女の足取りがつかめなくなる時刻に限定すると、六角家から数キロ離れた場所にあるコンビニの空き店舗で解体作業をしていたことがわかっています」

「アリバイがあるってこと？」

「解体業者は、騒音規制法と振動規制法で定められている労働時間を守らなくてはなりません。近隣住民への配慮ですね。住宅地では午前七時から午後七時までと定められています。母親のめぐみさんが、娘の不在に気づいたのが午後五時半ごろですので、彼女はそれ以前に『帰れない事情』が生じたことになります。蜂巣広樹が終業前にだれにも気取られず抜け出して犯行に及んだという可能性は、ゼロではないですが、あまり現実的ではないように思われます。彼の車が防犯カメラに映るのは、午後八時ごろのことです。三人の失踪を結んで一本の線と考えるには、根拠が乏しい」

「こいつ、いまはどうしてるんですか？」

「すでに亡くなっています」

当然の報いだと思った。ざまあみろ。でもそう思ってしまった自分にぞっとする。ひとの死を、こんなふうに喜んでいいはずがない。なんにせよ、やりきれない。

「理由はわかりますか？」

「自ら命を絶ったそうです。そうとしか言いようのない状態だったとか」

「どういうことです？」

「六角恵美理さんの失踪からカウントして、およそ一カ月後のことです。蜂巣広樹は職場の同僚とのお酒の席で、突如として自身の眼球に指を突き立てました」

「え」

「お勤めだった事務所近くにある居酒屋でのことです。直前までごくふつうに会話をしていたと、ご同僚たちの証言が残っています。視力を失った蜂巣広樹はそのまま店の外へと出て、走行中の大型バイクにはねられました。頭蓋骨が陥没していたということですが、救急車が到着するまでの約六分間、存命だったとか」

「なんだよ、それ。そんな死に方……」

どう考えても異常だ。

「薬物の使用が疑われましたが体内からは検出されませんでした。また血中アルコール濃度は〇・一パーセント未満とのことで、これもほろ酔い程度です。死後、捜査員がスマートフォン内のデータと寮の部屋を調べています。違法薬物の調査が表向きの理由でしたが、念頭には三人の少女の失踪事件もあったようですね。薬物は見つかりませんでしたが、複数の児童ポルノが押収されたそうです。ただ、消えた三人との関連を裏づけるものはありませんでした。それはSNSの記録も同様です」

「本当になんの関係もないのか……アリバイもあるみたいだし」

「三人の失踪を不連続的なものと考えさえすれば、六角恵美理さん失踪時における蜂巣広樹のアリバイは意味がなくなります」

「どういう意味ですか？」

「たとえば、波璃さんと有菜さんの失踪には蜂巣広樹が関わっていたとしましょう。恵美理さんだけがべつの事情で姿を消したのかもしれません」

「ああ、そういうことか。なるほど。たしかに」

同じ時期に、近隣で、同年代の少女が失踪したとなれば連続性を疑いたくなる。しかし、それはただの偶然かもしれない。三人の失踪は個別の事情によるもので、無関係という可能性もあるし、関連しているものと、いないものが混在しているのかもしれない。

「もっとも、当時の警察もそれくらい考慮したはずです。くり返しになりますが、蜂巣広樹が彼女たちの失踪に関わったという確たる証拠は見つかっていません。そして、真実を語るべき彼はもうこの世にはいないのです」

椎奈はボトルペンダントをにぎりしめ、車の外を見やった。車の速度で風景が流れていく。


『学習塾つくし』は個人経営の小規模な塾だった。ネットで調べたところ、最寄りの駅から徒歩で五分だという。入り口には『小・中学生対象』と書かれていた。

「三人のことは覚えています」

宗司の名刺を受け取った女性は海老原《えびはら》と名乗った。つくしの経営者だ。五〇歳前後だろうか、ふくよかな体形で、短い髪を自然なブラウンに染め、耳にパールのイヤリングをつけていた。

失踪した三人の少女が通っていた塾でなら、なにか有益な情報を得られるのではないかと、きのうのうちに宗司が電話で会う約束を取りつけたのだという。

「あのときは、ずいぶんマスコミが騒ぎましたから。警察にもいろいろお話ししましたし。ご両親にも」

案内してもらった部屋は学校の進路指導室を思わせる場所だった。実際に、ここで生徒と面談することもあるに違いない。

「お忙しいところ時間を割いてくださり、ありがとうございます。いただきます」

宗司は丁寧に頭をさげ、グラスに口をつけた。椎奈も礼を言って、冷たいお茶でくちびるを湿らせる。

「ただ、覚えていると言っても、やっぱり一〇年以上前のことですから、ちゃんとお話しできるかわかりませんが」

「いえ、ご協力に感謝します。さっそくいくつか質問させていただきたいのですが、録音してもかまいませんか？」

「はい、どうぞ」

正面にすわった海老原は重々しくうなずいた。かたわらに用意された緑のリングファイルには、おそらく塾に通う子たちの個人情報が記されているのだろう。

椎奈はボイスレコーダーを操作してから、海老原にも見えるよう机の上に置いた。録音中であることを示す赤いランプが点灯している。宗司は、操作が単純だからという理由でボイスレコーダーを使って口頭でメモを取ることがある。その文字起こしも椎奈のバイトのうちだった。

「まず基本的なことを確認させていただきます。宝田波璃さん、亀井有菜さん、六角恵美理さんはこちらの塾に通われていたのですね？」

「ええ。宝田さんは小学五年生から六年生のときに。最初は中学受験を考えていらしたようなのですが、ご家庭の事情もあって、塾をお辞めになっています」

宝田波璃の両親は離婚しているという話だったので、そのあたりが関係しているのだろう。

「ですから、亀井さんと六角さんがうちに通っていた時期とは重なりません」

「亀井有菜さんと六角恵美理さんに交流はあったのでしょうか？」

「ある程度はあったと思います。ただ特別に親しかった記憶もありません。当時うちに通っていた子たちも先生方も同じように感じていたはずです。警察にもそう話していました」

宗司は軽くうなずき、質問を重ねる。

「宝田波璃さんがいなくなってしまった日のことは覚えてらっしゃいますか？」

「ごめんなさい。そのときは、すでにうちをお辞めになっていたので……。行方がわからなくなっていること自体、少しあとになって知りました」

「それでは亀井有菜さんのほうはいかがでしょう。彼女はこちらの塾がおわった一八時以降に行方がわからなくなったとのことですが、なにか覚えていらっしゃいませんか？」

海老原は痛みをこらえるように胸を押さえる。

「あの日は雨が降っていました。前日からです。そのせいで、まだ遅い時間でもなかったのですがかなり暗かったと思います。注意報も出ていて、川の水位があがっているから近づかないよう子どもたちに伝えました」

「津済川ですね？」

「はい。ご覧のとおり、うちは小さな塾ですので、通っているのは近所の子がほとんどです。亀井さんの家までは歩いて一〇分ほどじゃないかしら。だから、亀井さんが帰ってこないとお母さまから連絡を受けたときすぐ、川に落ちたんじゃないかと疑いました。そういう事故がニュースになるじゃありませんか」

言って、海老原は一度、窓の外へ視線を逃がす。

「実際ずいぶん下ったところで、亀井さんの靴が見つかったと聞きました……。あのころ、ご両親はお会いするたびやつれていかれて、こちらも心苦しかったです」

「その日、有菜さんはおひとりでご自宅へ帰ったようですね。いつもそうだったのでしょうか？」

海老原は宗司に視線をもどす。

「たしかなことは言えませんが、はい、おそらく」

「交友関係はどうだったのでしょう？　塾で仲のよかった子などは？」

「同じ小学校で同学年の子がふたりいました。仲はよかったと思いますよ。基本的にみんな仲はよかったです。はい。毎年一二月には、ささやかなクリスマスパーティを開くのですけど、前年には数人でケーキを手づくりしていましたから」

「どなたか紹介していただくわけにはいきませんか？」

「すみません。それはちょっと。個人情報ですし……」

無意識だろうけれど、海老原はファイルの表紙に手を置いた。宗司は微笑む。

「いえ、不躾《ぶしつけ》で申し訳ありません。おゆるしください」

「あれから一〇年以上……、みんな、もうおとなになっているのでしょうね」

海老原のつぶやきを聞きながら、椎奈はおとなになることができなかったかもしれない亀井有菜を思い浮かべた。宝田波璃や六角恵美理のことも。

宗司は仕切り直すようにグラスに口をつけ、質問を再開する。

「当日、あるいはそれ以前から、亀井有菜さんが、だれかにつきまとわれていた、見られていた、というようなことを訴えていらっしゃいませんでしたか？　深刻なものではなく冗談半分にでも」

「なかったと思います」

「六角恵美理さんはどうでしょう？　あるいはほかの子でも。そのようなことを周囲に漏らしていませんでしたか？」

「なかったはずです。あれば、職員全員で共有していたはずですし、警察や親御さんにも連絡します。事実、近くで痴漢や不審者の目撃情報があったときは注意を呼びかけていますし」

　ということは、蜂巣広樹が事前に下見をしていたというわけでもないのか。少なくともその様子が目撃されたことはなかったようだ。

「亀井有菜さんの行方がわからなくなってから、みなさんの様子はどうでしたか？　とくに恵美理さんは？」

「どの子もある程度は動揺していたはずです。……ただ、少し、その、はしゃぐような子もいなかったわけではありませんが。不謹慎なのですが」

　海老原はすまなそうに肩を縮める。

「身近でそのようなことが起これば無理もありません。理解できる反応です」

「六角さんは、はしゃいだりはしていなかったと思います」

「先ほど有菜さんのご自宅までここから徒歩一〇分程度とおっしゃいましたね。こちらに通われているお子さんは、みなさん歩いていらっしゃるのでしょうか？」

「自転車の子もいます。あとはバスを利用する子や親御さんが送り迎えする場合もあります」

「恵美理さんはどのような手段でしたか？　ご自宅までここから歩こうとすると、子どもの足なら二〇分以上かかりますよね？」

「えぇっと、自転車だったような気がします」海老原はパールのイヤリングに軽く触れ、天井を見あげた。「そうです、自転車です。暗くなったらライトをつけるよう注意したことがありますから」

「有菜さんがいなくなった日は雨だったとのことですが、恵美理さんは雨の日でも自転車に？」

「いえ、その日はバスで帰ったと警察の聞き取りに答えていたように思います。正確なところは記憶がはっきりしないのですけど」

「なるほど。では、蜂巣広樹という名前に心当たりはありませんか？」

「当時、警察の方にも訊かれました。写真も見せていただきましたけど、見覚えのない方でした。すみません」

「いえ、どうぞ謝らないでください。では、六角恵美理さんがいなくなってしまったときのこともお聞かせいただけますか？」

「六角さんはわたくしどもの授業があった日に姿が見えなくなったわけではないので、あまりよく覚えていません。夜にお母さまから電話があって、六角さんが塾に来ていないか訊かれました。その日は六角さんが来る日ではなかったので、そのとおりに答えたはずです。そのときの電話ではくわしい状況はわかりませんでしたが、亀井さんのこともありましたし、心配でした」

海老原は机に視線を落とす。

「それきり六角さんの行方はわからずじまいで、そのころには宝田さんの件も聞いていましたから、なにがあったのかって……。わたしにも子どもがふたりいますから親御さんの気持ちは痛いほどわかります。宝田さんや亀井ご夫妻はもちろんなのですが、六角さんのところは、ご家族の不幸もつづいて、もうやりきれなくて……」

そう言って彼女は目を潤ませた。

「先生はひょっとして三人の失踪に塾の人間が関係してると考えてるんですか？」

助手席に腰を落ちつけてから椎奈は訊ねた。

「そういうわけでもないのですが」

宗司は運転席でシートベルトを締めている。

「ここを訪れたのは、消えた三人に共通する場所でなら、なにかしら反応が得られるのではないかと期待したからです。仮にですが、失踪に関与した人物が塾の関係者とすれば、それを椎奈くんに伝えてこようとするかもしれません」

「ああ、それでわざわざ足を運んだのか」

椎奈は首のうしろに触れる。

「でも、左目は反応しませんでした」

「そのようですね」

宗司はエンジンをかけ、うしろを確認するとシフトレバーをドライブに入れ、ハンドブレーキをおろした。ウインカーを出し、車を発進させる。

「三人が同じ塾に通っていたっていうのは、本当にただの偶然で、特別な意味なんてないんでしょうか？」

「かもしれません」

信号機のない交差点に差しかかり、宗司は車を一時停止させる。左右を確認し、直進した。

「優先すべきは怪異を鎮めることで、事件の解決そのものがわたしたちの目的ではありません。ですが、先ほどの海老原さんの話を聞いて、ひとつ思いついたことがあります」

「え、どんなことです？」

　宗司の横顔を見る。

「宝田波璃さんの失踪についてはいったん脇に置き、亀井有菜さんと六角恵美理さんの件に絞り、ふたつが連続した誘拐事件だと仮定してみます」

「はい」

「また、犯人が何者なのかということも保留とします」

「はい」

「犯人の標的は六角恵美理さんひとりだったのかもしれません」

「え」

「有菜さんは恵美理さんと間違われて誘拐されたとは考えられないでしょうか」

「あ」

「ふたりは同じ塾に通っていました。ふだん恵美理さんは自転車を利用していたようですが、当日は雨だったのでバスを使った。バス停までは傘を差して行ったでしょう。ふたりが間違えられた可能性は十分に考えられます。たとえば傘が同じ色だったとしたら？　あるいはふたりが似た服装をしていたとしたら？」

「先生、それ――」

身を乗りだすと、宗司が横目でこちらを見た。そのまなざしの冷たさに椎奈は言葉の先を見失う。

ときどき、このひとが見せる冷たさに、無性に悲しくなることがある。こんなに優しいのに、こんなにも冷酷。

「もちろん、これはわたしの創作です。目撃情報はなく、現時点で裏づけが取れるものではありません。言ったでしょう？　フェイク情報は真実よりも拡散しやすい。どうぞお忘れなきよう」


それから宝田波璃が通っていた中学校の前を通り、亀井有菜の靴などが見つかった津済川に立ち寄る。

大きくて穏やかな川だ。緑地が整備され、小さな子どもを連れた母親やランナーの姿があった。氾濫したことがあるなんて信じられないほど、のどかな場所で、やはりこれという異常を感じ取ることはできなかった。

しかし、その『なにもなさ』が、まるで冗談であったかのように――。

六角屋敷は異様な雰囲気をまとっていた。

二日前に訪れたときよりも、異様さが増している。

左目がじくじくうずいた。

歯医者の音を聞くと不安が募るように、屋敷の前に立つだけで気持ちが乱れる。耳鳴りがし、足もとがわずかに揺れているようにも感じた。気圧の低下で体調を崩すのと似ているかもしれない。

拒絶されているようでありながら、いざなわれているようでもある。

ただの建築物ではなく、そこにはなんらかの意思がある。

「きのう管理会社に問い合わせてみたのですが、敷地に除草剤などを散布してはいないそうです」

「なら植物が生えないのは、この建物のせいってことか」

あるいは、この土地を汚染するモノのせいだ。

「特別な防犯対策もしていないそうですが、これまでに目立ったトラブルはないとの回答でした。六角さんご一家のあと住人が居つかなかったのは個々の事情によるもので、会社としては問題があったと考えてはいないようです。取材をお願いしてもみたのですが、そちらは断られてしまいました」

椎奈は六角形の屋根を見あげ、大きく息を吸った。やはり、どこか空気がわるい。のどの奥がからくなる。ゆっくり吐き出し、右目を閉じた。手のひらをかぶせ、左目に集中する。

その途端、また建物全体が真っ赤に——染まることはなかった。

「ダメです。なにも【視】えません」

嫌がらせのように左目が鈍く痛むだけだ。

メッセージを受け取ることができれば、相手が何者で、どうしてほしいのかがわかるかもしれない。それが実現可能な願いであれば叶えてやれる。困難な要求であったとしても対策の立てようはあるのだけど……。

「そう暗い顔をするものではありませんよ」

ふいに宗司の手が背中に添えられた。布越しに感じるその手のひらは、相変わらずひやりとしている。

「再訪を提案したのはわたしですが、しかし、あれらとまともにコミュニケーションが取れるなどと考えてはいけません。接触をはかってきたとしても、彼らは、究極的には共感を求めているわけではないのです。生者と死者とは、決定的に、絶望的なまでに、断絶している。わかりあおうなどと、救いの手を差しのべようなどと、そんな考えは思いあがりにすぎないことを肝に銘じておいてください」

「でも、だったらどうすれば……」

「大丈夫。雪代の血液は彼らには猛毒です」

背中に当てられていた手が離れ、今度は椎奈の髪をぐしゃぐしゃとかきまわす。

「まずは手順どおりにやりましょう」

前回と同じように邪気祓いの香をまとい、塀に沿って敷地を一周することで結界を張る。それから庭へ移動し、逝祓式の準備に取りかかった。

トランクケースから出した一六本の空きビンへ宗司が血液を落としていく。

この世の理から外れた異形のモノどもは、雪代の血の魅力に抗うことができない。惹かれ、導かれ、同時にその毒に焼かれ、ケガレとしてビンに留まる。

一連の怪異の元凶が六角屋敷であるなら反応が得られるはずだ。

こぽっ。

早速、ビンの底で泡がわきあがった──が。

「なんだよ、これ……」

じくり、と左目が熱を帯びる。胸のあたりも熱い。ボトルペンダントの中身が反応し、小刻みに振動しているのがわかった。舌の根からこみあげる唾液がひどく苦い。

宗司は眉根を寄せ、無言のままビンを見つめていた。

わきたつ泡は、血のように禍々しい赤色だった。ぶくぶくぶくぶくぶくぶくぶく。

あっという間にビンは満たされ、あふれてしまう。赤色のねっとりと濃い液体は光を吸収し、もはや黒と変わらない。あふれた液体は地面に染みこみ、劇薬めいた悪臭とともに白煙を立ちのぼらせる。

地中からどす黒いミミズのような、けれど決してこの世の生き物ではない異形のモノが何匹も何匹も出てきて出てきて、ぐねぐねぬちぇねちぇぐにぐにのたくるのたくるのたくるくるくるくるくる。

同時に世界の半分が赤くにじみ、けれど、椎奈はまぶたを閉じられない。

悪臭が強くなる。のどがからい。

「かっ……は、くっ、う」

うまく息が吸えず、あえいだそのとき。

――ぉ……めぇ……あぁ……ごぉ……えぇ……。

――のぉ……とぉお……りぃい……わぁああ。

調子外れのいびつな声が聞こえ。

首のうしろに、とがったものが押しつけられる。

指だ。

氷のように冷たい人差し指。

尖った爪が皮膚に突き立てられ、椎奈の口からうめき声が漏れた。

その爪が左斜め下へとおろされ、止まる。そこからまっすぐ右横へ――。

「椎奈くん？　大丈夫ですか？　椎奈くん」

肩を揺さぶられ、呼吸を取りもどす。

「はあ、はあ……はあ」

直前まで閉じられなかったまぶたを閉じることができた。次に目を開けたときには、赤く塗り潰されていた視界も元通りになっていた。ミミズのような異形は消え、赤いケガレが詰まったビンだけが残されている。

椎奈はうなじに左手を当て、それから顔の前へ持っていった。手のひらが血で濡れていた……。

「せん、せい。また、おれのうしろに——」

「おい。あんたら、そこでなにしてるんだ？」

突然の声に、椎奈と宗司は同時にふり返った。

隣家との塀の向こうから、高齢の男性が首を伸ばしていた。

ブロック塀を挟んで宗司の名刺を受け取った男性は、となりに住む名倉《なぐら》と名乗った。よく日焼けしており、赤いキャップをかぶっている。椎奈の祖父より高齢に見えたけれど、肩幅ががっちりとしていて、シャツの内側が張りつめていた。

庭木の剪定《せんてい》をしようとしていたところ、こちらの声が聞こえてきて不審に思ったのだという。

「あんたたち、本当に星那多大学のひと？」

名倉は疑わしそうに名刺を裏返し、日にかざしている。一応、椎奈もサイフから出した学生カードを名倉に見せた。

「大学の先生がむかしの事件の調査なんてするわけ？」

「わたしの本業は作家なんです。それで六角屋敷について取材をしておりまして。管理会社の許可は、ええ、もちろん」

宗司は柔和な笑みを浮かべ、あいまいな言いかたをした。

「ちょうどよかった。差し支えなければ、お話を聞かせていただけませんか？」

ブロック塀を挟んだまま宗司が提案する。

「お時間は取らせません。名倉さんは以前からこちらにお住まいで？」

問いかけつつこちらへ目配せしてくる。なんだろう、と思った直後にボイスレコーダーの存在が頭をよぎり、椎奈は名倉に見えない位置で録音を開始した。無断なので、心のなかでだけ謝っておく。

「うん、そうだな。もう半世紀だよ。家は建て直してるけど」

「ということは、一一年前こちらに住んでいらした六角さんご一家もご存じなのですね？」

「そりゃね」

名倉は一度赤いキャップを脱ぎ、髪をうしろへなでつけ、かぶり直した。

「交流はあったのでしょうか？」

「あいさつするくらいだったな。回覧板をまわしたりとか。旦那さんはちょっと印象に残ってない。奥さんのほうは、まあ、ふつうだったんじゃないか。だから信じられないよ、あんなこと、あんなことするなんてさ」

「あんなこと、と言いますと？」

名倉はあたりを見まわし、声を小さくした。

「娘を殺して津済川に捨てたって。靴やらバッグが見つかったって話じゃないか」

その情報は不正確だ。亀井有菜と六角恵美理のエピソードが混ざっているうえ、真偽不明の噂まで取りこんでしまっている。

だけど、そんなものなのかもしれない。ひとは過去の記憶を引っ張り出すたびに改変を加える。

「許せねえよな。実の親が子どもに手をかけるなんて。こないだも横浜のほうで幼いきょうだいが餓死したって言うじゃないか。そのあいだ、母親は遊んでたんだってな。最近の親はどうかしてる」

本当にそうだろうか。子どもたちの置かれている状況がシビアなのはボランティアサークルに身を置いて間もない自分でもよくわかる。しかし、それはいまにはじまったこととも思えなかった。

現在より人権が軽んじられていたかつての日本が理想郷だったはずがない。いまも昔も、洞窟に食われる子どもは、たくさんいる……。

「六角さんとこは、責任感じて命を絶ったみたいだけどな。ふたりで毒をのんだんだろ。わるいことはするもんじゃねえ」

そのあたりの情報も正しくない。六角めぐみは毒性の強いキノコを摂取したことで亡くなったけれど、六角真司は交通事故だ。めぐみが意図的にキノコを口にしたのかも不明だった。

と、そこでまた思う。夫である真司はその毒性を承知のうえで、妻の食事にキノコを交ぜたとは考えられないだろうか？　知らずに食べためぐみは、医師たちの懸命な治療の甲斐なく帰らぬひととなった……。

いや、これは宗司の言うところの創作だ。事実ではない。

「普段からご両親が恵美理さんに対してつらく当たっているような印象だったのでしょうか？」

宗司の言葉で、椎奈は目の前のやりとりに意識をもどす。

「恵美理さんの泣き声がしたり、ご両親の激しい怒鳴り声が聞こえたことは？」

「そういう記憶はないけどさ」

「そうですか。ほかに、失踪してしまった恵美理さんについて、なにか覚えていらっしゃいませんか？」

「あー、そうだな。ちゃんとあいさつできる礼儀正しい子だったよ。ただ、そんなに交流があったわけじゃないから漠然とした印象だけだなあ」

「では、蜂巣広樹という名前に心当たりはございませんか？」

「ハチノス……なんか聞き覚えがあるな。ハチノス、ハチノス……ああ、うん、めずらしい名前だし、覚えてる。六角さんとこの娘さんがいなくなったあと、警察が写真持ってうちに来たよ。ぜんぜん知らないやつだったけどな。容疑者だったんだろうけど、結局犯人じゃなかったわけだろ？　警察も無駄なことをしやがる」

　宗司はそれには返事をせず、次の質問へ移った。

「当時、恵美理さんとよく遊んでいたご友人などは覚えていらっしゃいませんか？」

「いやあ、どうだったかな。さすがに覚えてないな。うちのやつのほうが、そういうことは覚えてるかもしれない」

　名倉は、うちのやつ、のところで背後にある自宅を親指で示した。妻を意味してのことだろう。名倉家も立派な邸宅だ。広い庭に植えられた常緑樹がまぶしい。

「ただ、わるいけど、今日は出かけてるんだ。帰りは遅くなるんじゃねえかな。めし食ってくるって言ってたから。なんなら電話してみる？」

　名倉はスマートフォンを出してみせた。

「いえ、そこまでしていただくのは申し訳ありませんので。奥さまのご予定もあるでしょうし。もし、なにか思い出しましたら、名刺にある番号までお電話いただけると助かります」

「そ？　まあ、だいたいこんなところだな。とくに騒がしい家でもなかったし、家族仲がわるいようには見えなかった。だから事件があったときは本当におどろいた」

「お察しします。ところで、こちらの家は植物が生えていませんよね。どなたかが処理しているのでしょうか？」

「え、ああ。それね。なんか、むかしっからそうなんだよ。草が生えねえの。なんか植えてもすぐ枯れちゃうみたいで。うちもさ、そっちの庭に近いところなんかに鉢を置いとくと、枯れちまうのよ。変な薬でもまいてんのかと思って、業者に調べてもらったこともあんだけど、そういうわけじゃないみたいなんだよな。塩害とか、土壌汚染とかでもない。とにかく枯れちまうわけ。あと、動物とか昆虫も死んじゃう」

　言われてみて気づいた。ここには虫の一匹もいない。

「空き家に野良猫が棲みついちゃうってのも問題だけど、死んじまうってのも、それはそれでなあ。ああそういえば、あの子、庭に動物の墓をつくってたな」

「お墓ですか」

　宗司が庭を見まわし、椎奈も同じようにあたりを観察した。名倉も塀の向こうから首を伸ばす。

「さすがにもうないか。六角さんのあとも何人か越してきてるし、潰しちゃったかな。前は十字架の墓がいくつかあったんだけどな」

「六角家ではペットを飼っていたのでしょうか？　犬や猫、あるいはハムスター、ウサギ、インコなど」

「犬はいなかったと思うけど。どうだろ。いま思うと、優しい子だったんだな。おれみたいなじじいより先に死んじまうなんて不憫だよ」

名倉も宗司も口を閉ざす。そこで椎奈は「あの」と声をあげた。

「変なこと訊いてもいいですか？　名倉さんはここに住んで長いようですけど、その、おかしなこととか経験したこと、ありませんか？」

「おかしなこと？」

名倉はまばたきをした。

「たとえばですけど、うなじのあたりになんかこう、指を突きつけられた、みたいな経験をしたことってありませんか？　うしろにはだれもいないのに」

「ないない」

名倉は噴き出して、顔の前で手をふった。

「そんなの経験したことも、家族から聞いたこともない。あれだろ？　おたくが言ってるのは、幽霊とかそういうことだろ？　たしかに嫌な事件があったわけだし、不気味っちゃ不気味な家だけど、おかしなことなんていっぺんも起きたことねえよ。せいぜい、さっきも言った植物が枯れちまうってことくらい」

「そうですか。すみません、おかしな質問して」

その後もいくつか話を聞かせてもらったけれど、新たな情報は得られなかった。

「参考になりました。ありがとうございます」

頭をさげる宗司にならって、椎奈もそうした。禍々しい赤色のケガレで満たされたビンを回収し、その場を離れる。


「椎奈くん、大丈夫でしたか？」

助手席にすわった途端、宗司に顔を覗きこまれ、椎奈は膝にトランクケースを載せた状態でのけぞった。

「あー、うん。まあ、ひとまず」

「よかった」宗司はシートに体をあずけ、しかし、すぐまた前のめりになる。「名倉氏に声をかけられる直前のことを確認させてください。左目に異変を感じていましたね？」

「視界が赤く染まりました。また変な声がして」

やはり奇妙な抑揚だった。どこかで聞いたような気もするけれど……。

「あと、ここに爪を立てられました」

首のうしろに触れ、血が止まっていることをたしかめる。

「爪を……。見せていただけますか？」

宗司に背を向けると、ひやりとした指でなぞられ、鳥肌が立った。

「傷になっています。痛みますか？」

「少し。大したことはないけど。なにか書いてあります？」

「意味のある言葉には見えません。ですが、そうですね、無理に読み解こうとするのでしたら、ひらがなの『く』……もしくは不等号の『＜』でしょうか」

「なにかの記号の一部ですかね。アラビア数字の『4』とか？」

自分で言って、『死』を連想してしまったけれど、心のなかにしまっておく。

「あとは矢印の頭の部分かも。左向きの『←』なら、左を見ろ、もしくは左へ向かえ、ってことかな。なにを伝えようとしてるんだ……」

宗司の指が肌の上から離れ、シートが、ぎっ、と音を立てた。

椎奈も正面に向き直る。フロントウィンドウの向こうに速度制限の標識が見えた。

若い母親がベビーカーを押して歩いている。

「話をもどしますが、左の視界がまた赤く染まったのですね？」

「はい。夕日に照らされたみたいになにもかも赤かったです」

　膝の上のトランクケースを見おろす。回収したケガレもまた、ぞっとするほどに赤かった。こんなことははじめてだ……。

「赤は情熱や積極性を表す一方で、危険や禁止を表す色でもあります」

「危険」

「防災気象情報では注意報は黄色、警報なら赤色で示します。その上に紫と黒もありますが。スポーツではイエローカードが警告、レッドカードなら退場や失格となることが多い。赤は血を連想させます。消火器、非常ボタン、救急車両のランプも赤です。そして、赤は怒りの象徴でもあります」

「……あそこにいるなにかの逆鱗に触れた？」

「椎奈くんに渡したお守りに反応して攻撃的になったのかもしれません」

「このペンダント、外したほうがいいですか？　さっきは、たしかに熱を発してました」

「いえ、それでも持っていてください。必要となるときがくるかもしれません」

　なんだろう？　お守り以外の使い道があるのだろうか？

　と、ふいに宗司が腕を伸ばしてきた。人差し指で椎奈の前髪を横へ流し、「すみません」と謝罪を口にする。目の前で薬指のリングが光っていた。

「怖い思いをさせてしまいました。今回のことはすべて、事態を甘く見積もっていたわたしの責任です。これではあなたのお母さまに合わせる顔がない」

「べつにユキ先生がわるいわけじゃ……。そもそも、先生には恩があるし」

恩、という言葉を口にしてから、なんだか間違えたような気がした。助けてもらった恩があるから宗司にしたがっている、そんなふうには受け取られたくなかった。だから、本当はもっとべつの言葉で伝えたかったのに、ほかにちょうどいい言いかたが思い浮かばなかった。

「回収したケガレは早いうちに適切に処理します。それで状況が改善されることを期待しましょう」

宗司は正面を向いてエンジンをかけると、順番を前後してシートベルトを締めた。椎奈もシートベルトを着用する。

「大丈夫。わたしがついています。なにを隠そう、雪代宗司は三六五日、お盆と年末年始を除いて二四時間、惜しみなく宇佐見椎奈くんの味方なのですから」

「盆と年末年始は味方してくれないんすか？」

宗司は口の端に笑みをのぼらせる。

「差し当たっては――」

ウインカーが出され、カチカチカチ、と音が響いた。

「この件が片づくまで、うちに来なさい。部屋なら余っていますから」

後方を確認したあと、宗司はゆっくりと車を発進させた。

雪代宗司

「ユキ先生ってモテそうなのに、なんで再婚しないの？」

中学生のときに、そう質問をしたことがある。まだ幼かったのだ。いまなら、そんな無神経なことはぜったいに訊かない。

そこは雪代家のリビングダイニングだった。季節は冬で、しかし室内は暖房のおかげで快適だった。

椎奈はソファに仰向けに寝転がり、借りた本を読んでいた。宗司もイスに腰かけ参考文献リストに目を通しながら、甘ったるいコーヒーを飲んでいた。

宗司に救われてからというもの、椎奈は電車に乗って、しばしば雪代家を訪問していた。もっとも、そのときはまだ原稿の手伝いはしていなかったが。

宗司は手元のリストから顔をあげ、「残念ながらモテないんですよ」と微笑んだ。

嘘つけ、と椎奈は思った。

ふたりで買い出しに行けば、ちらちらと盗み見てくる女性がいたし、母もそのころには宗司のファンと化していた。

椎奈の一件があるまで、母にとって雪代宗司という男は、いとこの配偶者にすぎなかった。廃れた霊能者の家系との噂を聞いていたので胡散臭いとさえ感じていたそうだ。顔を合わせたのは結婚式と葬儀のときだけ。小説を書いていることは知っていたものの読んだことはなかったという。

しかし、息子が彼のもとへ通うようになると、にわかに興味をもちはじめた。

夕顔の著作そのものは好みではなかったらしいけれど、椎奈が宗司のもとから帰宅するたび、「先生、今日はどうだった？」「先生、食事は自分でつくってるの？　好きな食べ物とかわかる？」「先生、ちゃんと掃除や洗濯してるのかな」などと質問してきて、年ごろの息子をげんなりさせた。

あるいは、車で自宅まで送ってもらったところをクラスの女子たちに目撃され、後日、「あのひと宇佐見くんのなんなの？」「やたら親密じゃなかった？」「どういう関係？」と、つめ寄られたこともあった。

これもいまならわかる。宗司には独特の色香があるのだ。万人がそこに惹かれるわけではない。夕顔の作品がすべてのひとに刺さるわけではないのと同様に。

しかし一定のひとを確実に惑わす。

「先生って陰があるでしょ？　そこが艶っぽいんだよね」と、これは母の言葉だ。「薄い本にされちゃいそうっていうか。創作意欲がわいてくるっていうか」母よ、なにを言っているのだ。

宗司は手にしていた参考文献リストをテーブルの上に置いた。

「なにより、わたしはいまも妻に恋をしていますので」

そんな歯の浮くようなことを恥ずかしげもなく言えてしまえるのは、彼が小説家だからなのか。

椎奈は読みかけの本にしおりを挟んで、体を起こした。キャビネットの上の写真立てのなかで、宗司の妻は変わらず夏の花のような笑みを浮かべていた。

「奥さん、どんなひとだったの？」

「そうですね。歯磨き粉のチューブを最後まで上手に使い切るひとでしたよ」

「なにそれ」

「水泳が得意でした。とてもきれいに泳ぐんです。幼いころからスイミングスクールに通っていたそうです。わたしは泳ぎが不得手でしたので尊敬していました。妻とは高校生のときに出会いました。彼女のほうが一学年上で、水泳部員でした。年中、日に焼けていましたよ。わたしは三年間、図書委員でした。彼女が借りたきり返していない本があったので、返却をお願いしに行ったことをきっかけに知り合いました」

　思い出を語る彼の表情は無限に優しくて。

「そのときは単なる先輩後輩でした。彼女はわたしに気さくに話しかけてくれましてね。わたしも好きな本をすすめたりしました。彼女は受験勉強の時期になると、よく友人と図書室を利用していました。その後、医療系の大学に進み、看護師になりました。わたしは一年遅れて東京の大学に進学し、卒業後、銀行に就職しました。彼女と再会したのは偶然です。ひと目でわかりましたよ。さすがに高校生のときのように日に焼けてはいませんでしたが」

　でも、細められた瞳は現実を映してはいないようで。

「婚姻届けは彼女の二六歳の誕生日に提出しました。そのころ、わたしは銀行員をつづけながら小説を新人賞に投稿していました。受賞することはなかったのですが、編集者さんに声をかけていただきまして、出版の夢が叶いました。幸運だったんです。彼女はいつもわたしのいちばんの読者で、辛口の批評家でした。彼女は絵がへたでした。本人は本気なので笑ってはいけないのですが、それはひどいものでしたよ。だからでしょうか、メイクにとても時間のかかるひとでしたね。不器用なんです。歯磨き粉のチューブを使い切るのは上手なのにね。わたしより一歳上でしたが、笑うとわたしよりも四歳は若く見えました。眉を引き、くちびるを彩ると五歳は成熟して見え、甘いものを食べたときは一〇代の少女のようにあどけなかった。彼女はバニラが香る甘いカスタードクリームが好きでした。わたしは甘いものが苦手でした。いつも妻からひと口だけわけてもらい、それで満足していました。わたしは彼女が甘いものを食べているところを見るのが好きでした。でも、もう二度と見られないのですね」

宗司と彼の亡き妻とは、まるで月と太陽のようだと思う。太陽は恒星だ。自ら光を発することができる。月も白く光るけれど、その光は太陽の借りものだ。ひとりきりで輝くことはない。

「奥さん、なんで死んじゃったの？」
あのとき椎奈はそう訊ねたけど、宗司がそれに答えることはなかった。
ただ、笑っていただけで。
宗司の笑顔は、いつもどこか遺影のなかの故人のように、遠い。

突いて射るモノ

「えっと、おれはここでじっとしてればいいんですよね？」

雪代家の玄関の上がり框《かまち》で正座をし、宗司を見あげる。

「そう肩肘を張ることはありません。楽にしていてください」

この家ではいつもシナモンに似た香りがただよっている。

正面に立った宗司は左手に黒い弓を携えていた。装飾はないけれど、つやつやと光沢を放ち、美術品のようでもある。高校生のころに椎奈が見た弓道部の弓はもっと長かったはずだ。宗司が持っているものはその半分ほどしかない。弦が引き絞られると、見ているこちらが不安になるほど本体がしなる。

「そんなに引いて折れないもの？」

「大丈夫ですよ」

玄関に備えつけの靴箱には「異形コレクション」シリーズが無造作に積みあげられていて、なぜか一冊だけ『キノの旅』が紛れている。椎奈の両サイドにも本の塔ができていた。

「ご存じかもしれませんが、能には『葵上《あおいのうえ》』という曲目があります。これは『源氏物語』の『葵』の巻が出典となっています」

椎奈のかたわらにはぱんぱんに膨らんだリュックが置いてある。

いったんマンションまで送ってもらい、着替えや日用品、大学の授業で必要なものを詰めこんできていた。

「物《もの》の怪《け》に憑かれて臥せっている葵の上のために、光源氏が呼び寄せた巫女が儀式をおこなうんです。矢をつがえずに弓を引き、弦を打ち鳴らすと、葵の上を苦しめていた怪異が正体を現します。それは嫉妬にくるった六条御息所の生霊だった——というようなあらすじですね。巫女がおこなった儀式は寄絃《よつら》という神道における魔除けの儀式です。古来、弓は神事の際には楽器のひとつとして用いられてきました」

さて、と宗司は言う。

「いまから同じことを試みます。気休めと言ってしまえばそれまでですが、休まるのなら、それでいいでしょう。打てる手はひとつでも多く打っておきたい」

「うん」椎奈は手を膝につき、軽く頭をさげた。「お願いします」

「では、はじめます」

宗司は呼吸を整えると、黒い弓を持った左手と空の右手を腰に当て、背筋を伸ばした。メガネの向こうから、まっすぐにこちらを見据えてくる。浅く礼をされ、つられて椎奈ももう一度頭をさげた。

宗司は肩幅よりやや広めに足を開くと独特の作法で弓を構えた。弦がゆっくりと引かれていく。弓道のように弓と弦のあいだに体を割りこませるのではなく、アーチェリーと同じく伸ばした左腕のぶんだけ弦が引き絞られる。短弓が大きくしなり、宗司はその姿勢で静止する。

椎奈は膝をつかむ手に力をこめ、つばを飲みこんだ。かすかに左目が熱い。

沈黙が引き延ばされ、引き延ばされ、引き延ばされて――。

宗司は弦を解放した。ひゅん、と快い音とともに椎奈の左目を風が貫く。前髪がかきあげられ、左右の本がめくれた。

宗司は手順を守って弓を収めるとふたたび礼をした。

「いかがですか？」

椎奈は周囲を見まわす。

「正直言うとよくわからない。実感なくて」

「まあ、そんなものでしょうね」

「でも、ありがとう。なんかいろいろ」

「いえいえ」宗司は弓の先端を壁に押しつけ、手慣れた様子で弦を外した。「椎奈くんのためならたとえ火のなか風呂のなかですよ」

「ふつうにドン引きですが」

「おや。恥ずかしがらなくてもいいじゃありませんか。椎奈くんが小さかったころは、よくいっしょに入ったものです。いやあ、なつかしいなあ」

「宇宙人に拉致されたことでもあんの？　記憶、書き換えられてますよ？」

まったくこのひとは、どんな精神構造をしているんだ、とあきれる。

同時に、こうして冗談を言ってくれるおかげで、自分はずいぶん救われているとも感じる。

なぜ、こうもよくしてくれるのだろう。元をたどれば、母の依頼がきっかけだ。しかし、そこで関係が切れていてもふしぎではなかった。

左目に後遺症があるから？　その責任を感じて？　いいや、宗司に責任などない。あるいはその後遺症を利用して、執筆を手伝わせているからだろうか？　まさか。自分がいなくても夕顔の作品は完成する。その出来を左右するほど椎奈の仕事は重要ではない。

なら、雪代宗司にとって宇佐見椎奈とはなんなのだろう。

そしてまたこうも思う。

自分にとって雪代宗司とはなんなのだろう、と。

命の恩人には違いない。でも、それだけではなんだか窮屈だ。親戚ではあっても家族と呼ぶには遠い。友人ではなれなれしいし、教師と教え子では形式的すぎる。

この関係をなんと呼べばいいかわからない。

わからないまま五年もそばにいる……。

夕食は冷蔵庫にあった食材を使って、宗司がお好み焼きらしきものをつくってくれた。完成品を写真に残し、『presented by yukishiro』と添えてSNSにあげる。

調理器具や食器を片づけたあと、椎奈は覚悟を決めて浴室へ向かった。雪代家にいるのだから怪異の干渉は受けないと頭でわかっていても、髪を洗っているあいだは背後が気になって仕方なかった。もちろん、無事に入浴をおえた。

さっぱりした椎奈は、今度は寝床の確保に取りかかった。部屋なら余っていると宗司は言ったけれど、実際のところは大量の本で埋めつくされているため、空き部屋など存在しないのだ。リビングダイニングのソファに積まれていた本やら紙の束をふたりがかりで移動させ、そこを仮のベッドとした。

ひと仕事おえ、宗司も風呂に入ったので、椎奈はソファにダイブした。が、すぐに立ちあがり、テーブルの上に置いていたボイスレコーダーとクリアファイルを手にしてすわり直す。

ボイスレコーダーを操作して、ひとつ目の録音データを再生してみた。

『まず基本的なことを確認させていただきます。宝田波璃さん、亀井有菜さん、六角恵美理さんはこちらの塾に通われていたのですね？』

宗司の声が聞こえ、それに海老原が答える。

『ええ。宝田さんは小学五年生から六年生のときに。最初は中学受験を――』

きちんと録れていることを確認し、もうひとつの録音データも再生する。

『――ん世紀だよ。家は建て直してるけど』

名倉の声が途中からはじまった。すぐに宗司が返事をする。

『ということは、一一年前こちらに住んでいらした六角さんご一家も――』

こちらも問題ないようだ。早送りをし、再生。

『――からご両親が恵美理さんに対してつらく当たっているような印象だったのでしょうか？　恵美理さんの泣き声がしたり、ご両親の激しい怒鳴り声が聞こえたことは？』

『そういう記憶はないけどさ』

仮に六角夫妻が娘を殺害したのだとしたら、その遺体をどう処分したのか。津済川で見つかった靴の持ち主は、六角恵美理ではなく亀井有菜だ。

そもそも娘を殺害する動機はなんだろう。日常的に虐待を疑わせる証言はいまのところ存在しない。突発的な事故だろうか。結果的に命を奪ってしまった？　それならすぐ救急車を呼ぶべきだ。それをしなかったのは、やましいところがあったから？

しかしその後、罪の意識から自ら命を絶つ選択をした……。

レコーダーの声はつづいている。

『ハチノス……なんか聞き覚えがあるな。ハチノス、ハチノス……ああ、うん、めずらしい名前だし、覚えてる。六角さんとこの――』

早送りのボタンを押す。

『ところで、こちらの家は植物が生えていませんよね。どなたかが処理しているのでしょうか？』

『え、ああ。それね。なんか、むかしっからそうなんだよ。草が生えねえの。なんか植えてもすぐ枯れちゃうみたいで。うちもさ、そっちの庭に近いところなんかに鉢を置いとくと、枯れ――』

また録音を飛ばして、再生。

『――のも問題だけど、死んじまうってのも、それはそれでなあ。ああそういえば、あの子、庭に動物の墓をつくってたな』

『お墓ですか』

わずかな沈黙を挟んで名倉がつづける。

『さすがにもうないか。六角さんのあとも何人か越してきてるし、潰しちゃったかな。前は十字架の墓がいくつかあったんだけどな』

『六角家ではペットを飼っていたのでしょうか？　犬や猫、あるいはハムスター、ウサギ、インコなど』

『犬はいなかったと思うけど。どうだろ。いま思うと、優しい子だったんだな。おれみたいなじじいより先に死んじまうなんて不憫だよ』

また沈黙が訪れ、『あの』と自分の声が聞こえてきた。

『変なこと訊いてもいいですか？　名倉さんはここに住んで長いようですけど、その、おかしなこととか経験したこと、ありませんか？』

こうやって自分の声を聞くと、なんだか妙に感じる。

『おかしなこと？』

『たとえばですけど、うなじのあたりになんかこう、指を突きつけられた、みたいな経験をしたことってありませんか？　うしろにはだれもいないのに』

『ないない』

名倉が笑いながら答える。

『そんなの経験したことも、家族から聞いたこともない。あれだろ？　おた――』

椎奈は再生を終了させ、ボイスレコーダーを脇に置いた。

六角屋敷は明らかに異常だ。植物が育たず、動物も虫も寄りつかないという。六角家がペットを飼っていたかは不明ながら、庭には動物の墓がつくられていた。もしかしたら、それは誤って敷地に入ってしまった猫や小鳥のものだったのかもしれない。動物たちはあそこでは生きていけないのだ。

しかし、だとすれば、その異常は六角一家が存命だったころから起きていたことになる。不幸がつづいたことで家に異常が生じたのではなく、もとから異常のあった家で不幸がつづいたということだろうか？

なら、あの家は、六角屋敷とはいったいなんなのか……。

ダメだ。うまく考えがまとまらない。

一度寝転がり、ぐっと伸びをして、起きあがる。今度はクリアファイルを手に取り、あぐらをかいた。

宝田波璃の両親は、彼女が小学六年生のときに離婚が成立している。波璃は母親の夏美《なつみ》と増菜区内のアパートで暮らしていた。姓の変更はおこなわれていない。夏美は歯科助手だったという。離婚した父親は警備会社の社員だ。名前は翔平《しょうへい》。離婚後に職場に近い品尾《しなお》区へ転居している。娘の行方がわからなくなった最初のころ、夏美は翔平のもとにいるものと思い、連絡を取っている。波璃が姿を消した時間帯、翔平は勤務中で、これは複数の証言が得られている。また、翔平が暮らしていた自宅を波璃が訪れた形跡もなかった。

亀井家は四人家族だ。有菜の父、良幸《よしゆき》は当時、大手の自動車メーカーに勤めており、母の沙苗《さなえ》は保険会社の社員だった。ふたりとも娘の失踪後に退職している。有菜には当時三歳になる弟がいて、ずいぶんかわいがっていたようだ。現在の職業や住まいまでは記されていないものの、かつて亀井家があった場所は月極駐車場に変わっているらしい。

六角恵美理の父、真司は食品会社の商品開発部に在籍しており、母のめぐみは近所のスーパーでパートとして働いていた。六角真司は東北の出身で、実家は飲食店だったという。めぐみの旧姓は岡江《おかえ》で、彼女が大学二年生のときに両親ともスキー旅行で遭難し、亡くなっていた。真司のほうも父親を病気で亡くしているけれど、母親はいまも存命のようだ。

蜂巣広樹の経歴もまとめられていた。幼少のころに両親が離婚し、母親に引き取られている。彼が小学四年生のときに再婚したものの、これも二年後に離婚してしまう。広樹は中学進学のタイミングで母方の祖父母に預けられた。

高校卒業後にいったん水産加工会社に就職するも、一年せずに退職、そのあとはアルバイトを転々としていた。一六歳の女子高校生を襲い、当時の罪状で、強姦の罪により三年の実刑判決を受ける。その前科から、宝田波璃の失踪後、早い段階で捜査線上に名前があがっていた。

そのころ、蜂巣広樹は建築解体業者に身を置いていた。職場の人間関係は良好だったけれど、酒の席で過去の犯罪を自慢することもあったという。真偽は不明ながら、ひとを殺したことがあるとも語っていたらしい。……蜂巣広樹の経歴を見ていると自分のなかにある偏見が強まりそうで怖くなる。

宝田波璃、亀井有菜が失踪した両日とも、付近に設置されていた複数の防犯カメラに蜂巣広樹が所有する白い軽自動車が映っていた。が、それは決め手とはなりえない。六角恵美理が失踪したと考えられる時刻には、コンビニの空き店舗で解体作業をしていたことがわかっており、これは一応のアリバイとなっている。六角恵美理が失踪してから約一カ月後、事故により死亡。それも異様な状況で……。

書類を伏せ、首のうしろの傷をなでる。まだかすかに痛みが残っていた。

蜂巣広樹が三人の少女を誘拐した犯人だと仮定してみる。彼女たちがいまだに見つかっていないことを考えると、やはり生きてはいないだろう。蜂巣広樹に殺害され、どこかへ遺棄された。

……としたら、六角夫妻がその場所を特定したとは考えられないだろうか？　特定とまではいかなくても、有力な手掛かりをつかんでいた可能性は？

しかし、それを察知した蜂巣広樹によって口を塞がれてしまう。六角めぐみは食事に毒を盛られ、憔悴《しょうすい》していた真司は尾行に気づけず、車道に押された。

それなりに筋は通っているように思う。ただし証拠はない。自分に思いつく程度なのだから当時の警察だって検討しただろう。しかし、蜂巣広樹が逮捕されることはなかった。

鼻から息を抜き、スマートフォンを手に取る。お好み焼きの写真にいくつかコメントがついていた。汰角が『くそうらやましい』と書きこんでいて、ちょっと笑う。

「椎奈くん」

顔をあげると、チャイナ風のセットアップに身を包んだ宗司が立っていた。メガネを外したまま、頭からタオルをかぶっている。

「わたしはこれから二階で仕事をします。あの赤いケガレは、少しでも早く使い切ってしまったほうがいいですから」

「ああ、うん」

壁にかかっている時計に目をやると、いつの間にか二三時を過ぎていた。

「上の書斎にいますので、なにかあれば声をかけてください」

「わかりました」

「のどが渇いたら冷蔵庫のなかのものをご自由にどうぞ。と言っても、お茶と炭酸水くらいしかありませんが」

「ありがとう」

「それではおやすみなさい」

「おやすみ」

宗司が階段をのぼっていく音がする。つづいてドアの開閉音。それきり家のなかは静かになった。

トイレで用を足してから洗面所に立ち、持参したブラシで歯をみがく。鏡には間の抜けた自分の顔が映っていた。ホラー映画だとこういうとき、背後に変なモノが映るんだよな、と思う。

そのとき、すぐとなりから、ぱたん、とドアが閉まる音がした。洗面所のとなりはトイレだ。二階にいた宗司がおりてきたのだろう。

椎奈は歯をみがきつづけた。さすがに疲労がたまっていて頭がぼんやりする。今夜はすぐ眠れそうだ。

泡を吐き出して口をゆすぎ、ふと奇妙に思う。ドアが閉まる音がして以降、となりからなにも聞こえてこない。トイレを利用する音に聞き耳を立てるのもどうかと思うけど、部屋の位置関係のせいである程度は聞こえてしまう……はずなのに、なんの気配もなかった。

椎奈はそっと洗面所のドアから首を伸ばした。電気をつけていないため廊下は暗く、そのぶんトイレから明かりが漏れているのがよくわかる。

先ほど使ったあとに消したはずなので、やはり宗司が入っているのだろう。それ以外にはありえない。なのに、ドアの向こうは相変わらず無音だった。

いや、それを言うなら、そもそも宗司が階段をおりてくる音を聞いた覚えもなかった。突然ドアの閉まる音だけがして……。

「先生？　入ってる？」

声をかける。けれど返事はない。

「……先生？」

よく見るとカギがかかっていなかった。この家のトイレはごく一般的なもので、内側でつまみをまわすとカギがかかり、使用中を表す赤い表示が見えるようになる。

家にひとりきりであれば問題ないけれど、いまは椎奈もいるのだし、カギをかけないで利用するとは考えにくい。うっかりかけ忘れたにしても声をかければ返事くらいするだろう。便座に腰かけて眠ってしまったと考えるのも妙だ。であれば、椎奈の消し忘れか。

念のため、ドアレバーに右手を伸ばし、開けてみる。

なかは無人だった。

「なんだよ」

どうも過敏になっていたようだ。電気は消したつもりになっていただけ。ドアが閉まる音もなにかの聞き間違いだ。

そのとき。

とうとつに。

ぴんぽーん。

インターフォンの音が響いた。

「あ？」

さっき時間を確認したときには二三時を過ぎていた。ひとの家を訪ねるには少し非常識ではないか。宗司の客……編集者だろうか？　電話をかけてもつかまらず、急ぎの案件だったため無礼を承知で自宅を訪れた――それならなくはないか。

ぴんぽーん。

「はい。どちらさまですか？」

トイレの電気を消し、玄関へ向かいながら呼びかける。スモークガラスの向こうはうっすら明るい。宗司の自宅にはセンサー式のライトなどは設置されていないので、光源は街灯だ。その明かりを背負って、だれかが立っている。スモークガラスにシルエットが浮かびあがっていた。

「どちらさまですか？」

椎奈はもう一度、呼びかけた。しかし、どういうわけか返事がない。

「……あの？」

少し待ってみても、やはり返事はなかった……。

天井を見あげる。宗司にはこの音が聞こえていないのだろうか。

こん、こん、こん。

そんな音を耳が拾い、シルエットへ視線をもどす。それはノックをする音だった。口のなかに苦みが広がり、じくり、と左目が痛みだす。首からさげているボトルペンダントが熱を発していた。

こん、こん、こん。こん、こん、こん。

スモークガラスの向こうにいるだれかが、無言でドアを叩いている。

肋骨の内側で心臓が暴れている。顔が熱い。

こん、こん、こん。こん、こん、こ——。

突然ノックがやみ、静寂が訪れた。が、それは一瞬のことで。

ガチャン。

ドアレバーが力任せに引かれる暴力的な音が響いた。

ガチャン、ガチャン、ガチャン。

「なんなんだよ……」

汗が噴き出る。思わず一歩後ずさっていた。明らかにふつうではない。

ガチャン。ガチャン。ガチャン。ガチャン。ガチャン。

大丈夫だ、落ちつけ、と自分に言い聞かせる。いまのうちに、二階の宗司を呼びにいこう。椎奈は体の向きを変え、階段に足をかけた。——瞬間。

カチャリ、と。

開錠音がした。
心臓が握り潰されたように痛み、椎奈はゆっくりと玄関ドアへと顔を向ける。
ぎぃいいいいいいいい。
薄闇のなか、ドアが、開きはじめ――。
「ユキ先生！」
大声で助けを求め、勢いよく階段を駆けあがる。
だが、一段踏み外して前のめりに倒れた。
「くっ、う」
くちゃ、にぢゅ、ぬちゃり。
背後から湿っぽい音が聞こえてきて、背筋に悪寒が走る。
ぺぢょ、ぴしゃ、くちぉ、どちゃ。
頭のなかで不気味な像が結ばれる。
濡れたまま四つん這いで歩くひとの形をした――異形。
べちゃ、ぬちょ、どぢゃ、くちゃ。
音がこちらへ近づいてくる。
どちゃ、どちゃ……どちゃどちゃちゃちゃどどどどどどどどどっ。
「うわぁあああああああああああああっ」

椎奈自身も四つん這いで階段を駆けあがる。

が、最上段に右手が届くのと同時に、ぎゅ、と左足首をつかまれた。冷たい手。濡れた。硬い。小さな。鼻をつく異臭。焼け焦げたような。

反射的にふり返り、あ、と思う。ひどく混乱していながら、ふしぎと冷静な自分もいて、その自分が、いま左の肩越しにふり返ってしまったと気づく。

しかし、もう遅い。

左目がそれの姿をとらえている。

首がおかしな方向に曲がった／黒い／赤く／ぬらぬらと／細い／目玉の／肌が／小柄な／腕の／ただれた——少女。

「ひっ」

それが奇怪な動きで覆いかぶさってきて、くちゃりと口を開いた。

——ぅうう……じぃいぃい……おおぉお……のぉおおぉ……。

異形の声。

むき出しになったガタガタの歯から糸が引いて。

——じょおおおお……えぇえええんんん……ああああぁあ……れぇえぇ……。

「椎奈くん！」

視界いっぱいに光が満ち、椎奈は目を細める。

「大丈夫ですか？　椎奈くん？　椎奈くん！」

急激な場面転換に意識が追いつかない。正面に宗司の顔があった。椎奈の腕をつかみ、強く揺さぶっている。

「ユキ、先生……」

「よかった。目が覚めたのですね」

そこは雪代家のソファの上だった。

「おれ……なんで？　いつの間に……」

「椎奈くんはうなされていたのですよ」

「うなされて、いた……って夢オチかよ」

読んでいた小説の結末が『すべて夢でした』だったら壁に投げつけているところだけど、今回は夢でよかったと心の底から思った。

ソファの上であぐらをかき、乱れた呼吸を整える。全身がじっとりと汗で濡れ、心臓がおかしなほど猛っていた。ものすごくリアルな夢だった。足首をつかまれた感覚も、ありありと思い出せる。

「なにかお飲みになりますか？」

「いや大丈夫。ありがとう」

「差し支えなければ、どんな夢を見たのか教えていただけませんか？」

宗司がとなりに腰をおろす。

「ああ、はい。えっと、洗面所で歯をみがいていたら突然――」

椎奈は自分の身に起きたことを順序だてて説明した。

「ふつうに考えて、あの状況で先生が気づかないなんてありえないですよね。あー、びびった」

ふと視線をやると、宗司がやけにむずかしい顔をしていた。

「ユキ先生？　どうかしましたか？」

「あ、すみません。夢に現れた少女というのが気になったもので。単なる夢で済ませるには早計かもしれませんよ」

「え」

「結界に阻まれたために夢という形で接触してきたとも考えられます。夢のなかとはいえ、椎奈くんの左目もボトル内のケガレも反応していたということですし。顔を見たのですよね？　六角屋敷の関係者のなかに該当する方はいませんでしたか？」

「……わからない。全身真っ赤で。顔もただれてたし」

「焦げたようなにおいもしたと。おそらく焼かれたのでしょうね」

命を奪われ、焼かれた。それとも焼かれながら命を奪われたのか。

どちらにしても、きちんとした手続きにのっとって火葬されたのでないことは明らかだ。

「なにかふしぎな抑揚で話しかけてきたというのは？」

「あ、うん。それなんだけど、確信があるわけじゃないから、違ってるかもしれない。ただ、なんか、『うしろの正面だぁれ』って、言われた気がする」

「うしろの正面……遊び歌の〝かごめかごめ〟でしょうか」

「おれもそう思って。や、違うかもだけど。ちゃんと聞き取れたわけじゃないし、もしも〝かごめかごめ〟だったとしても意味不明だし」

なにより遊び歌を口ずさむというのは、救助を求めることとは対極にある気がする。

なにを伝えようとしているのか、椎奈には見当もつかない。

宗司はとがったあごに軽く指を添え、虚空をにらんでいる――と、そのとき。

ぴんぽーん。

夢を再現するかのようにインターフォンが鳴り響いた。

椎奈は宗司と顔を見合わせる。

「……編集さんが来る予定があったり？」

「ないと思いますが」

ぴんぽーん。

立ちあがった宗司につづいて椎奈もソファから腰をあげ、並んでモニタの前に立つ。しかし、そこには何者も映っていなかった。真っ暗だ。カメラを隠しているのか、それとも……。

ぴんぽーん。

宗司が親機から伸びているプラグを抜き、室内は静かになる——が。

こん、こん、こん。こん、こん、こん。

またしても、先ほどの夢をなぞるかのようにノックの音が聞こえてくる。

こん、こん、こん。こん、こん、こん。

宗司を見やる。宗司はひとつうなずくと、リビングダイニングを出た。椎奈も薄暗い玄関を確認する。スモークガラスの向こうに、だれかが立っていた。左目に反応はない。ボトルペンダントのなかのケガレも。

「どなたでしょう?」

宗司が誰何《すいか》する。

ガチャン。

応えるように、ドアレバーが乱暴に引かれた。

ガチャン。ガチャン。ガチャン。ガチャン。

ここは本当に現実なのか?　まだ自分は夢を見ているのか?

そこで、宗司がはだしのまま飛び出した。ロックを解除して、勢いよくドアを開ける。そこには、だれもいなかった。暗闇を街灯がささやかに照らすばかり。

「……いまのは、なんだったんですか？」

椎奈は茫然と訊ねる。

宗司は無言で夜を見つめていた。

次いで喰らうモノ

タツノ『雪白夕顔「花に髄」読了。美しい言葉でつづられた奇想短編集。登場人物はだれひとり救われないが地獄でしか生きられない者にはそれもまた幸福の形。大勢の読者に届いてほしい一冊ながらだれにも読んでほしくないとも思う。とはいえ読者が不在だと新刊出ないからみんな読んで。』

タツノ『あとこれは自慢なんだけどサインもらった。宝物。』

汰角の最新の投稿には宛名の部分を隠した夕顔のサイン本の写真が添えられていた。引用件数が「4」、いいねが「32」となっている。椎奈がハートマークに触れると数字が「33」に更新された。

間もなくはじまる広域科目の『心理学概論』は五〇人ほどの学生が履修しているはずだけれど、教室はまだ半分ほどしか埋まっていない。椎奈は前から四列目、窓側の長机に着席していた。

スマートフォンを操作して、ネットのニュースをチェックする。海外のテロ事件が報道されていた。横浜で起きた育児放棄の件では、母親の交際相手も逮捕されたという。神奈川県の山中で発見された白骨遺体の続報によれば、押収されたナイフにシリアルナンバーが刻印されていたため、販売元が特定されたらしい。

スマートフォンを伏せて置き、首のうしろへ右手を持っていくと、指先がつるつるした塩化ビニルの素材に触れた。例の爪痕を隠すために貼りつけた、大きめの絆創膏の感触だ。椎奈はため息をつく。

ゆうべのあれは、なんだったのだろう？　あの訪問者は実在したのか？

宗司は回収した赤いケガレの処理に今日一日を費やすという。だから椎奈にも家でおとなしくしていてほしいと言った。だが、椎奈自身は普段どおりに過ごしたいと要望した。中学時代のあの二週間のように日常を損なう選択は取りたくなかった。日々を継続することはなによりも力強いことだと思う。

「ウサくん、となりいい？」

「あ、キムさん。おはようございます。どうぞ」

長椅子の上を、より窓のほうへと移動し、場所を提供する。

今日のジウはメガネをかけていなかった。メタルバンドのTシャツにベージュのロングスカートという甘辛コーディネイトで、トートバッグを肩にかけている。

「ありがと《コマウォ》」

彼女は椎奈のとなりにすわると、バッグから教科書やルーズリーフ、ペンケースを出して、スマートフォンと並べて置いた。

「ウサくん、首のうしろ、どうかしたの？」

「ちょっと……引っかけちゃいまして。大した怪我じゃないです」

「ふーん。あ、ウサくんもチョコ食べる？」

ジウはバッグから取り出した糖衣チョコレートの筒を顔の前でしゃかしゃかとふってみせた。

「いただきます」

手を広げると、そこにカラフルなチョコレートのつぶが落とされた。おはじきみたいだなと思う。礼を言って、さっそく口に放りこみ、奥歯でかみしめた。コーティングが砕けて、チョコレートの香りと甘みが広がる。

「久しぶりに食べましたけど、けっこううまいですね」

「夏でも溶けないし好きなんだ。ねねね、ところでさ」

ジウが身を寄せてくる。

「ウサくん、雪代先生と親戚なのって本当？」

「それ、どこで聞いたんですか？」

「陸井から。これ聞いたらまずかったやつ？」

「あ、いえ。べつに秘密ではないんで。そういや、こないだ泊めてもらったときにタツさんにしゃべったな」

一列飛ばして前の席に男子学生が腰をおろした。うしろからだと、左側に寝ぐせがついているのが見えるけれど、知り合いでもなんでもないので声はかけない。

ジウ自身もチョコレートを口に入れる。ぱきっ、と音がした。

「でも、ウサくんと先生あまり似てないね」

「そりゃそうですよ。おれは、もともと先生の結婚相手のほうの親族なんで」

「ああ、そういう。先生の奥さんて亡くなってるんだっけ？」

「はい。ずいぶん前に。おれも生前に会ったことはないです」

「そうなんだ」

ジウはチョコレートの筒を両手で挟むと、火おこしの棒のように机に押しつけぐりぐりやった。

「雪代先生、甘党だよね？　去年の星那多祭でバケツプリン完食してるとこ見た」

「うわ。あのひとの味覚バグってんですよ。ぜったい血糖値やばいわ」

あはは、とジウは声に出して笑い、けれど、すぐに笑みを引っこめる。

「でも、わざと病気になりたがってるようにも見える」

「え」

「ごめん。いまのはわたしの疑った見方」

おそらく『穿《うが》った見方』と言いたかったのだろうと察し、とくに訂正はしないでおいた。宗司はわざと病気になりたがっている、と考えてみる。まさか、と思うと同時に、ああそうかも、と思った。

雪代宗司はいつもほんの少し、生きていないような感じがする。自暴自棄なわけではない。生きることに消極的なわけでもない。ただ、丁寧に生きていないように見えることがある。かつて椎奈に向かって、自分を粗末にするものではないと言ってくれたのは宗司なのに。

あるいはこうも言える。雪代宗司が人間味に欠けて見えるのは、自分のなかの定規に従順だから。個々の事案に感情を介在させない。目盛りを読むだけなので迷うことがない。しかし、その定規はあらかじめ不正確につくられているため、どこかでズレが生じる。宗司はそうと承知していながら、いつまでも壊れた定規を愛用している。思い出のマグカップを修繕して使いつづけるように。

以前、宗司自身が言っていたではないか。甘いものは苦手だったと……。

「ウサくんは健康そうだからもひとつどうぞ」

ジウがチョコレートの筒を差し出してきた。

「あ、どうも」

手のひらを広げると、ひとつぶ落ちてくる。赤くコーティングされたそれを椎奈は口に入れた。ジウもひとつ食べる。ぱきっ、と音がする。

「でも、ウサくんと先生あまり似てないね」

「食べ物の好みですか？　おれも甘いのは嫌いじゃないですけど、あのひとはやっぱり食べすぎですよね」

「ああ、そういう。先生の奥さんて亡くなってるんだっけ？」

「え、あ、はい。……一〇年以上前に」

「そうなんだ」

ジウはチョコレートの筒を両手で挟んで、火おこしの棒のように机に押しつけぐりぐりやった。

「雪代先生、甘党だよね？　去年の星那多祭でバケツプリン完食してるとこ見た」

「それ、さっきも聞きましたって」

椎奈が指摘すると、あはは、とジウは声に出して笑う。けれど、すぐに笑みを引っこめる。

「でも、わざと病気になりたがってるようにも見える」

なんだか会話がかみ合っていないような気がする。

「ごめん。いまのはわたしの疑った見方」

先ほどとまったく同じ言い間違いをして、ジウはチョコレートの筒を椎奈に差し出してきた。

「ウサくんは健康そうだからもひとつどうぞ」

まっすぐにこちらを見つめてくる。

「えっ、と、あの……」

戸惑いながら教室内を見まわした。少しずつ学生が増え、空席を埋めている。ジウに視線をもどすと、彼女はまったくまばたきをしていなかった。

椎奈はおそるおそる手を出す。ジウが筒を傾けると、青くコーティングされたチョコレートがひとつぶ落ちてきた。しかし、それを口に入れる気にはなれなかった。ジウも自分の手のひらの上で筒を傾ける。ころん、とおはじきのような、黄色いチョコレートが落ちてきた。彼女はそれを口に放りこんだ。瞬間、がりっ、と硬質な音がした。明らかにチョコレートをかみ砕いた音ではない……。

「キ、キムさん……？」

がりごり。がりごり。がりごり。がりごり。

手のひらに残された青いチョコレートを見る。

いや違う。チョコレートではない。それはおはじきだった。

じくり、と左目が痛む。ボトルペンダントが熱い。

がりごり。がりごり。がりごり。がりごり。ごくん。

じわりと汗がにじみ出て、舌の根もとに酸っぱい唾液がたまっていく。

「でも、ウサくんと先生あまり似てないね」

ジウが口を開くと、くちゃりと赤黒い糸が引いて見えた。

「キムさん、く、口のなかが……」

「ああ、そういう。先生の奥さんて亡くなってるんだっけ？」

「いったい、どうしたんですか？」

呼びかけを無視して、ジウは「そうなんだ」とうなずく。そうして、チョコレートの筒を両手で挟み、火おこしの棒のように机に押しつけ、ぐりぐりと動かした。さっきも見た仕草だ。彼女のセリフと行動はループしている。

「雪代先生、甘党だよね？　去年の星那多祭でバケツプリン完食してるとこ見た」

椎奈はもう返事ができなかった。にもかかわらず、ジウはあははと笑う。そして、その笑みをすぐに消す。

「でも、わざと病気になりたがってるようにも見える」

まるで切り取った動画を、くり返し再生しているようだった。

「ごめん。いまのはわたしの疑った見方」

一列あけて前にすわっていた男子学生が怪訝そうにふり返る。ジウがずっと同じ言葉をくり返しているのが聞こえていたのだろう。

「ウサくんは健康そうだからもひとつどうぞ」

チョコレートの筒が差し出される。

「いや、あの……」

椎奈が受け取らずにいると、ジウは一時停止したようにそこで動きを止めた。セリフもつづけない。しかし、ここからどうすればいいのか……。

ひとまず、チョコレートの筒を取りあげようと手を伸ばす。が、届く前にジウは立ちあがっていた。

筒の口が下を向き、中身が床に散らばっていく。赤、青、緑、黄、茶。色とりどりのおはじきが跳ねる。近くにいた数人の学生が、こちらを見た。

「もう行かなきゃ《イジエカヤゲッタ》」

ジウは通路に出ると、ふらふらと教室の前方へ歩いていく。

「キムさん、待ってください」

長椅子から腰を浮かせ、呼びかける。でも、彼女は止まってくれない。椎奈が声を大きくしたことで、先ほどより多くの注目を集めていた。

やがて黒板の前に立ったジウは――。

ガン。

頭突きを食らわせた。ものすごい音に、幾人かが異変を察知する。

「キムさん！　なにしてんですか！」

椎奈はおはじきをポケットに入れ、彼女のもとへ駆け寄った。

ガン。

ためらう様子もなく、ジウはふたたび頭突きをする。

「え、やだ、なにあれ？」「うわ」「やばくね？」「ちょっとどうしたの？」

椎奈はジウの細い肩をつかんだ。

「キムさん！　やめてください！　キムさん！」

が、ジウはかまわずに黒板に額を打ちつける。

ガン。

頭突きを食らわせた部分だけ、黒っぽく濡れていく。

「ちょっと！」

椎奈は無我夢中でジウの額に左手を当てた。冗談みたいに熱い。信じられない高熱だった。そうやって額を押さえたにもかかわらず、ジウは止まらない。椎奈の手ごと黒板に頭突きを食らわせる。

ガン。

「ぐっ」痛みで顔が歪む。「やめてください！」

椎奈はジウを羽交い締めにした。途端におそろしい金切り声があがる。ジウが全身を使って暴れだした。いや違う。痙攣《けいれん》を起こしているのだ。椎奈の顔に彼女のこぶしや肘が直撃する。ジウはぶくぶくと赤い泡を吹く。

「くっ、そ。だれか！　手伝ってくれ！　発作だ！」

大声で教室に呼びかけたのに、だれも動かなかった。いまや室内はジウの悲鳴しか聞こえない。数人がスマートフォンを顔の前に掲げていた。この様子を撮影しているのだと気づいて頭に血がのぼる。

「おまえら！　見てないで助けろよ！」

ようやくうしろのほうから体格のいい男子学生がふたり飛び出してきた。ひとりが椎奈といっしょにジウを押さえつけ、ひとりがスマートフォンで電話をはじめる。救急車を呼んでくれているようだ。

「キムさん！　しっかりしてください！　キムさん！　キムさん！」

合カギを使って雪代家の玄関ドアを開ける。

「ユキ先生！　いますか？　先生！　……なんだよ、どこ行ったんだよ」

椎奈は上がり框にすわりこんだ。駅から走ってきたせいで脚が重だるい。中学、高校と陸上部で走りこんできたのに、たった数カ月で体がなまっていた。

全身が汗に濡れている。背中をまるめ、膝に顔を埋めた。いつの間にか首のうしろに貼っていた絆創膏がはがれてしまっていた。

くそ、とつぶやき、胸のボトルペンダントを押さえつける。


あのあと、ジウは救急車で運ばれていった。

救急隊員が到着したころには痙攣はやんでいたものの、引き換えに意識を失っていた。大学の事務員がつき添ってくれることになったので、椎奈は教室に残り、協力してくれた学生たちに感謝を伝えた。

授業は三〇分遅れで開始するとアナウンスがあった。しかし、悠長に講義を受けている場合でもなく、荷物をまとめて教室をあとにした。

どう考えても、ジウに異変が生じたのは自分のせいだ。日々を継続することはなによりも力強い？　慢心にもほどがある。そのせいで彼女を巻きこんでしまった。あれはケガレで守られている椎奈ではなく、ジウを襲った。コミュニケーションを取ることをあきらめたのか……。

宗司と連絡を取る必要があった。けれどスマートフォンで電話をかけようとしたところ、異常が発生した。呼び出し音のあと電話がつながったと思ったら、意味不明のメッセージが流れはじめたのだ。

『お客さまがおかけになった電話番号は犬のぬいぐるみのプラスチックの右目に映っているわたしの左肩におられるおばあさんの口のなかの庭いっぱいに咲くひまわりにびっしりとついているタネのなかのひとつの親指の爪がはがれてあ痛い――』

途中で通話を切った。おそらく最後まで聞いてはいけないものだ。

じっとしていられず、大学を飛び出してきたのだけど。

自宅にいるはずの宗司は不在だった。

いまごろ、ジウの意識はもどっただろうか。怪我の程度は？

容体を教えてもらえるよう連絡先を伝えておくべきだったといまさら気づく。それとも身内でないと教えてはもらえないものだろうか。

ジウの家族は韓国にいる。意識がもどっても、ひとりでは心細いだろうに……。

教室にいた何人かがあの場を撮影していた。今後SNSに動画をあげる者も出てくるだろう。いや、すでに拡散していておかしくない。そうでなくてもあの状況だ、すぐに噂は広まる。へたなことを耳に入れる前に綺晶や汰角に自分から伝えるべきか。でも、どう言えばいい？

「くそ」

膝を力いっぱい殴りつける。無能な自分に腹が立って仕方がない……。

いや、自己嫌悪に浸っている場合ですらない。

椎奈は顔をあげ、勢いよく立ちあがった。瞬間めまいを覚える。そういえば昼食をとっていなかった。ふと思い出してポケットに手を入れる。さぐり当てたものを取り出して目の前に持ってくる。ジウからもらった糖衣チョコレートだ。青いそれは、おはじきではなく、ふつうのチョコレートにもどっていた。

靴を脱いで家にあがる。廊下を進み、洗面所のドアを開けて洗濯機の横にあるごみ箱にチョコレートを捨てた。食べ物を粗末にするのは気が引けるけれど、これを口に入れる気にはなれない。

洗面台の前に立つ。鏡に映る自分は目のまわりが腫れぼったく、服のところどころに血がついていた。ジウを押さえたときに付着したものだ。これは洗っても落ちそうにないな、と鈍い頭で思う。

細く息を吐き出し、腰を曲げ顔を洗う。体を起こすと、ぽたぽたと水滴が滴った。

タオルで拭って洗面所をあとにする。

と、その直後。

さぁあああああああああああああああああああああ。

うしろからシャワーの音が聞こえてきた。

さぁあああああああああああああああああああ。

じくり。じくり。じくり。左目が痛む。

なぜ？　どうして？　ここは結界の内側なのに。また夢を見ている？

心臓が早鐘を打ち、呼吸が浅く、速くなる。

さぁああああああああああああああああああああ。

強く奥歯をかみしめ、首からさげているボトルペンダントをたしかめた。熱い。

ごくりとつばを飲みくだし、右側からふり返る。

スモークガラスのドアで閉ざされた浴室は、無人だった。

さぁああああああああああああああああああああ。

シャワーの音だけがする。左目はじくじく痛みつづけている。椎奈はドアの取っ手へ手を伸ばした。触れる直前で止め、ひとつ深呼吸。

覚悟を決めて、ドアを開ける。

途端に学習机が視界に飛びこんできて面食らう。そこは浴室ではなかった。古い写真のように色がない世界。机の横にかかったランドセルが見てとれる。ベッドにはうさぎのぬいぐるみ。どう見ても六畳ほどの子ども部屋だった。

さぁあああああああああああああああああああああああ。

シャワーの音はつづいている。

いや、これはシャワーの音ではない。

雨音だった。

ふり返ると、そこはもう宗司の家ではなくなっていた。塔をなす大量の書籍や紙の束が消えている。まっすぐ延びる廊下の途中が切れていて、下へと向かう階段が見えた。ここは二階であるらしい。窓はしずくに濡れている。

見覚えはなかった。ただ、心当たりならひとつだけある。

がたん。きぃい。いいいぃいいいい。

階下から歯がうずくような音が聞こえてきて反射的に体が強張る。そっと廊下を進み、下の様子をうかがってみたけれど、階段は半ばで九〇度折れていて、その先は見えなかった。

どうする？　と三秒だけ考え、行くしかないだろ、と決断する。

足音をさせないよう階段に足をかける。慎重に。一段ずつ。とん。とん。とん。ぎ。注意をしてもわずかに音を響かせてしまい、背中に汗がにじんだ。空気はじっとりと湿っている。一階に到着すると左手に玄関ドアが見えた。右手が廊下となっている。目の前には木のドア。そのドアが、ひとりでに開いていった。

きぃいいいいいいいいいい。

こちらへどうぞ、とでも、いざなうように。

広いリビングダイニングは無人だった。

ローテーブルとソファが設えられ、その正面にはテレビがある。天井付近にエアコンが一台、壁には風景画、キッチンのほうには冷蔵庫があった。食器棚に四角いテーブル。そして。

床下点検口のふたが開いている。

ちょっとした収納場所としても使われる場所だ。

二階にいるときに聞こえてきた音は、これが開く音だったのかもしれない。

さぁああああああああああああああああ。

雨音はつづいている。てん、てん、と、しずくがなにかを打つ音も聞こえていた。それらに混じって、だれかの声がする。床下からだ。覗いてはいけないという思いと、確認しなければならないという気持ちの両方がせめぎ合う。

床下点検口に近づくと、収納ボックスが外され、四角い穴が確認できた。床下はコンクリートで塞がれておらず乾いた土と小石がむき出しになっている。焦げ臭いようなにおいが鼻をついた。

やはりなにか聞こえる。歌のようだった。だれかがうたっている。

でも、雨音に混じってうまく聞き取れない。

引き返したかった。一刻も早くこの建物を出たい。この穴を覗きたくない。その思いをねじ伏せ、床に膝をついた。スマートフォンを取り出し、震えそうになる指でライトをタップする。

息を吸い、吐き出す。もう一度吸い、止めて、穴に頭を突っこむ。

歌声が消えた。雨音さえも聞こえなくなっていた。

ライトで周囲を照らしてみる。

だれもいない。なにもない。部分的にパイプが走っているだけ。

ここはおそらく六角屋敷だ。ほかに思い浮かばない。しかしなぜ、この場所を自分に【視】せるのか？　ここになにがある？　一一年前に起きた三件の少女失踪事件。彼女たちが生きている確率はどれくらいだろう？　高いとは思えない。では遺体はどこに？　……つまり、そういうことなのか？　彼女たちはずっとこの家の——。

とん。

突然、背中を押され。

「え」

穴のなかに落ち――。

「――くん！　椎奈くんっ！　しっかりしてくださいっ！」

気づくと、必死な形相の宗司の顔が目の前にあった。

直前の光景との乖離《かいり》に理解が遅れる。ここはどこだ？

「椎奈くん！　よかった。意識がもどったのですね」

わずかに緩んだ宗司の顔が、すぐにまた引き締まる。

「ここは洗面所です。大丈夫ですか？　どこか痛みは？」

「痛み……は、ない、けど……」

ジウのことがあり、宗司に伝えようと家まで来て、しかし彼は不在で、洗面所で顔を洗って、それから――。

「六角屋敷だ」

とうとつに思考がクリアになる。

「六角屋敷？」

「そうだ。おれ、いま六角屋敷にいたんです！」

強く宗司の腕をつかんで訴える。

「おれ、【視】たんです！　消えた三人は六角屋敷の床下に埋められてる！」

椎奈に予告したとおり、宗司は自宅で逝祓式の後半を執りおこなっていたという。だが大学からの呼び出しで一度家を空けた。キャンパスに到着した宗司はジウの件を耳にして、椎奈と連絡を取ろうとしたのだけれど、電話は不通だった。そこで自宅に引き返したところ、洗面所で倒れている椎奈を発見した——ということらしい。

「事務の方から聞いた話では、キムさんの命に別状はないそうです」

車を運転しながら宗司は言った。

「くわしい検査はこれからなのでしょうけど、意識は回復されたとか」

それを聞いて、椎奈は心底ほっとした。

ホームセンターに寄り、スコップや軍手、粘着テープなどを購入したために六角屋敷に到着したときには二一時を過ぎていた。あたりは夜に沈んで暗い。宗司はシートベルトを外した。

「椎奈くんは車で待機していてください」

「冗談だろ。ここにきて、なに言ってんですか。おれも行きます」椎奈もシートベルトを外す。「行方不明になった三人は家の下に埋められてるんです。犯人はキッチンの床下点検口から潜ったんだと思います」

　であれば、それを実行した人物は蜂巣広樹とは考えにくい。建築解体業者なら建物の構造にはくわしかっただろうけれど、だからといって、その家の住人に知られず、床下に潜りこめるものではないはずだ。

　つまり三人の少女を誘拐し、埋めた犯人はべつにいる……。

「それに、先生には怪異を【視】る目がないじゃないですか。向こうがなにか伝えようとしてきても気づけないかもしれない。だから、おれも行きます」

「椎奈くん」

　宗司が強い眼差しを向けてくる。暗い車内でその瞳は濡れたように光っていた。

「六角屋敷の扉は施錠されています。わたしにはそれを開錠する手段も技術もありませんので、窓を割って侵入するしかない。これは、無断で敷地に立ち入るのとは次元の異なる犯罪行為です。わたしとしては椎奈くんに犯罪の片棒を担がせるわけにはいきません」

「警察が来てくれるなら望むところじゃないですか。実際に遺体を見てもらえばいい。ぜったいに埋まってる。でも、現時点で通報しても動いてくれるかわからないだろ？　おれたちで見つけてあげないと、いつまでもあの子たちは冷たい土のなかだ」

　こぶしをにぎりしめる。

「一刻も早く出してあげるんだ。じゃないと、おれのまわりにいるひとに、また被害が及ぶかもしれない。だれも巻きこみたくない。おわりにしないといけない」

宗司は少しのあいだ口を閉ざしていた。椎奈も黙ったまま宗司を見つめつづける。静寂のなか、エンジンを切ったばかりの車がかすかな音を立てていた。

宗司が、ふっ、と鼻から息を抜く。右腕を伸ばし、椎奈の髪をくしゃくしゃとかきまわしてきた。

「な、なんすか」

「わかりました。いっしょに行きましょう」

ホームセンターで購入した物を手に、車を出て、六角屋敷の正面に立つ。広大な夜を背負う無人の建物はひどく不気味だった。となりの名倉家は明かりが消えている。外出しているのかもしれない。

火を灯した邪気祓いの香を手に、宗司が先に立ち、門を開けた。なにが起きても動揺しないよう腹に力をこめ、そのうしろにつづく。左目は、わずかにちくちくするくらいで、反応は薄い。

「先生、どこから入りますか？　一階の窓は、基本シャッターがおりてますよね」

「バスルームの窓にも格子がついていましたから、割るなら二階ですね。塀にあがって、破片が飛び散らないようテープを貼りましょう。あとは石かなにかで――」

ふたりして二階を見あげていると、前触れもなくカチャリと音がした。

椎奈と宗司は同時に玄関ドアへ目を向ける。

「いまの、聞こえた?」

「ええ。手間が省けたようですね」

宗司が玄関ドアのハンドルに手をかける。視線を送られたのでうなずくと、宗司はドアを引いた。まるで、はじめから施錠されていなかったかのように、玄関ドアはすんなりと開いた。もはやこの程度のことではおどろかない。

椎奈はスマートフォンのライトを点灯させ、なかを照らしてみる。右手に備えつけの靴箱があるばかりで、あとはがらんとしていた。階段と廊下。間取りは夢で見た空間と一致しているように思う。カビとほこりのにおいが充満していた。

気が咎めつつも土足で家にあがる。足もとに楕円形の明かりを落としながらリビングダイニングに入ると、こちらも家具が撤去されていてなにもなかった。

ライトをキッチンへ向ける。床下点検口は夢と異なり、ふたが閉じてあった。

「先生、ちょっとだけスマホ持っててもらえますか。おれがなかを見てみます」

宗司にスマートフォンを預け、床のふたを持ちあげる。空っぽの収納箱が収まっていたので外すと乾いた地面が見えた。

「スマホ、いいですか」

一時的に預けていたスマートフォンを返してもらって、床に腹ばいになる。

「気をつけてください、椎奈くん」

頭を突っこみ、ぐるりと床下を確認する——と。

「なにかある。あれは……十字架だ」

宗司が「十字架」とくり返し、椎奈は名倉の言葉を思い出した。

——前は十字架の墓がいくつかあったんだけどな。

「墓だ。やっぱりここに埋められてる」

「十字架はいくつ見えますか？」

「えっと……ひとつ？」

三人ぶんをひとつで兼ねているのかもしれない。

「十字架が見えるのは、どのあたりでしょう？」

「えっと」椎奈は体を起こした。「だいたい家の中央あたりかな。ここをふたりでおりてくのはむずかしいと思います。おれが行ってくるんで、先生はここから照らしていてください」

「いえ、わたしが代わりましょう」

宗司が香をタバコのようにくわえて、シャツの左袖をまくりはじめた。

「おれのほうが体力あるでしょ。土を掘るのってけっこう力いりますよ。おれが行きますって。明かりだけ頼みます」

　軍手をはめた手でスコップをつかみ、穴から床下におりる。匍匐《ほふく》前進の要領で十字架のある場所まで進み、地面に触れた。

「いま出してやるから、おとなしくしてろよ。もうだれにも手を出すな」

　硬い地面にスコップを突き立てる。

「完全に掘り返す必要はありません」上から宗司の声が降ってくる。「埋められている物の一部でも出てくれれば、それで警察を呼べます」

「了解」

　そうして悪戦苦闘すること、およそ一五分。椎奈は手を止めた。

「ユキ先生」

　床上から宗司が「はい」と答える。流れる汗が目にしみた。椎奈は軍手の甲で顔を拭い、つばを飲みこむ。

「見つけました」

　明らかに石ではない、細長い塊が一カ所に集まっていた。

　専門家でなくても、なんなのかわかる。

　骨だ。小動物のものではありえない。もっと大きな生き物の。

「警察に、通報してください」

連続失踪事件

あれから一週間が経過した。

六角屋敷で遺体が発見されたニュースはそれなりに大きく報じられていた。それに伴い、一一年前に発生した三人の少女の失踪についても改めてクローズアップされることとなった。

もちろん、発見者である椎奈たちの名前が表に出ることはなかったけれど、警察からは、どうして空き家に入ることができたのか、また、なぜ床下を掘り返したりしたのかをくり返し訊ねられた。

事情聴取は神奈川県警刑事部捜査第一課の刑事たちが受け持った。担当した刑事は五〇代後半と思われる男が柴崎《しばさき》、ラグビー選手のような体格をした若いほうが緑川《みどりかわ》と名乗った。

椎奈は事前に宗司から伝えられていた『創作』に口裏を合わせた。

自分は作家である雪代宗司の取材につきあっただけ。ドアのカギは最初から開いていた。管理会社のミスではないか。調べればわかるはずだが、ピッキングなどの痕跡はないはずだ。どこも壊していない。

スコップなどを購入したのは庭を掘ることを想定したためだ。噂のとおり六角夫妻が娘を殺害していたとしたら、遺体を庭に埋めたのではないかと単純に考えた。

こちらは匿名で通報することもできたのにそうしなかった。それはやましいところがないからであり、誠意である。

そのようにくり返すことで追及を逃れた。実際のところ警察がどのように受け取ったのかはわからない。ただ、それで解放はされた。その事実があるだけだ。

ジウは検査のために一日だけ入院したものの無事に帰ってくることができた。

本人はあのときのことを覚えていないらしい。

大量にアルコールを摂取していたわけでも、薬物を服用していたわけでもない。救急車で運ばれたとき、ジウの体温は四〇度に達していた。高熱による異常行動、と一応は解釈された。しかし、そもそもその熱の原因からして不明で、デング熱なども疑われたけれど、ウイルスは検出されなかった。

もちろん、椎奈は理由を知っている。だから退院した彼女と顔を合わせたときは、責任を感じた。ジウは額を八針縫ったという。口のなかも傷つけていたけれど、物が食べられないほどではないそうだ。彼女が元気なことだけが救いだった。

遺体を発見してからというもの、おかしな現象はぴたりとやんでいた。首のうしろに書かれた記号の意味はわからなかったけれど、宗司に甘えつづけるわけにもいかないので、椎奈は自分のマンションへ帰ることにした。ひょっとすると意味などなかったのかもしれない。

日常がもどってきた。まじめに授業に出席し、レポートを提出、ためていた洗濯物を洗い、なごみのみんなと駅前清掃をしたり、区の公民館で子どもたちに勉強を教えたりして過ごした。

そんなある日のことだった。四時限目の授業がおわり、荷物をまとめていると、宗司から電話がかかってきた。

「なんです、先生」

『お疲れさまです、椎奈くん。いま少しよろしいですか?』

「大丈夫ですよ。あ、でも、ちょっと聞こえづらいんで移動します」

片手をあげて友人に合図を送り、椎奈はリュックを背負い教室を出た。大勢の学生が行きかう廊下を避け、階段横で立ち止まる。

「すみません。それでなんですか? 原稿入力のバイトですか?」

『今日このあとの椎奈くんのご予定は?』

「授業おわったんで、部室に寄ろうと思ってました」

『では、すみませんが、hanahana まで来ていただけませんか？』

　大学の近くにある喫茶店の名前だ。値が張るともっぱらの噂なので、入学以来一度も利用したことはない。

「いいですけど……なにかあるんですか？」

『刑事さんからお話があるそうです』


　hanahana は雰囲気たっぷりのレトロな喫茶店だった。ドアを開けると上部についているベルが、りりんと軽やかに響く。コーヒーの甘苦い香りが漂い、ひかえめにピアノのメロディが流れていた。飴色に磨かれたテーブルにスズランの花を思わせるランプが置かれている。

　宗司は店内中央あたりの席にすわっていた。出入り口からすぐにわかる場所だ。宗司の向かいにふたりの刑事もすわっている。柴崎と緑川だ。

「わざわざ時間を取ってもらってすまないね」

　柴崎が目尻をさげて言った。

「あ、いえ」

　きっと宗司がこの場所を指定したのだろうと思う。キャンパス内ではほかの学生の目があるし、宗司の研究室は狭すぎる。

椎奈は宗司のとなりの席に腰をおろした。彼は今日も派手なシャツを着ている。店内は高齢の男女の客がひと組いるばかりで、学生の姿はなかった。

柴崎に「コーヒーでいいかな?」と訊ねられ、「え、あ、はい」と答える。何度も聴取を受けているのに相手が刑事というだけでどうにも緊張してしまう。本当のことを話していないという負い目があるからかもしれない。

「えっと、それで話というのは?」

椎奈は運ばれてきた一杯八三〇円のコーヒーをすすってから訊ねた。

これで何度目になるだろうか。六角屋敷を訪れた経緯と遺体発見時のことを訊かれ、これまでと同様の説明をくり返す。刑事ふたりが椎奈の回答をどこまで信じているのか、表情から読み取ることはむずかしい。

ひと通りのやりとりをおえると、柴崎もコーヒーをすすった。すでに冷えているだろうけれど、「うまいねえ」と語尾を伸ばす。そして緑川のほうを見た。

「雪代先生には先ほど説明したのですが」

緑川がジャケットの内ポケットから手帳を抜き出す。

「宇佐見くんと雪代先生が発見したご遺体は白骨化していましたが、風雨や動物などによる被害を受けない環境にあったため、ほぼ完全な状態で保存されていました。数点の遺留品も押収されています。鑑識の結果、ご遺体は死後数年経過していることが判明しています。欠損している部位はなく、刃物で受けた傷や鈍器などによる骨折も見られませんでした。死因は現時点では特定できていません。窒息死かなんらかの中毒死、外的要因とは無関係な心臓発作などが考えられます。仮に絞殺であれば、のど周辺の骨折が見られることもあるのですが、これははっきりと申し上げられる状況にはありません。しかし」

緑川は手帳に挟まれていた三枚の写真をテーブルに並べていく。宝田波璃と亀井有菜、六角恵美理の写真だ。

「身元だけは特定することができました」

左の八重歯を覗かせる写真のなかの六角恵美理と目が合う。

「六角屋敷、と俗に呼ばれているあの家の床下に埋められていたのは、一一年前に行方不明になった――亀井有菜さんです」

椎奈は写真から顔をあげる。

「亀井有菜……ひとり、だけですか？　ほかのふたりは？」

「発見されたのは亀井有菜さんだけです」

ふたりの刑事が立ち去り、高齢の男女もいなくなって、客は椎奈と宗司だけとなった。宗司に、なにか食べますか、と訊かれたけれど、いらないと答える。

宗司は白玉ソフトクリームぜんざいを追加注文し、椎奈の正面へ移動した。

「部屋にもどられていかがですか？　なにかおかしなことは起きていませんか？」

「はい。とくになにも。平常運転です」

「それはよかった」

上品な器に盛りつけられた野蛮なスイーツが運ばれてきて、椎奈は一度口を閉じた。

「結局、おれをあの場所に導いていたのは亀井有菜だったんですかね」

テーブルの木目を見つめながら、首のうしろに手を当てる。

「おれ、三人とも六角屋敷に埋められてるんだと思ってたんですけど……残るふたりはどこにいるんでしょう」

「椎奈くんの無事が確保されたなら、あとはもう警察の仕事ですよ。最低限の協力だけで十分でしょう」

顔をあげる。

「このまま手を引けってことですか？」

「懸念されていた椎奈くんの状況は改善されたようですから、それを推奨します。今後、六角屋敷がどのように扱われるのか、わたしにはわかりません。亀井有菜さんのご遺体が発見されたことで怪異が鎮まることを願うばかりです」

「けど、まだふたりの居場所がわかってないのに……」

　宗司はメガネの奥の目をやわらかくカーブさせる。

「椎奈くんはお優しい。まっすぐに成長しましたね」

「おれ、まじめに話してるんですけど？」

「わたしもですよ。かつて、あんなことを経験し、そのうえ目に後遺症を残したままのあなたがどこかで曲がってしまう可能性は決して低くありませんでした。実際、わたしはずいぶん危惧したのです。でも、あなたはいまも心健やかだ」

　宗司はスプーンでソフトクリームのうわべをすくい、口に入れる。

「捜査中の案件ですから、刑事さんが話してくれるわけがないのですが、亀井有菜さんのご遺体とともに六角真司さんの結婚指輪も発見されたそうです。これは知人の記者経由で得た信頼できる情報です」

「亀井有菜を誘拐して、殺害した犯人は六角真司だったってことですか？」

　床下に遺体を埋める際に、誤って指輪を落としてしまったのか？

　妻のめぐみは夫の犯行を知っていたのだろうか？

　はじめは知らなかったかもしれない。しかし、ある時点で気づいた。そのせいで口を封じられた？　そして真司自身も最後は自らの人生に幕をおろした……。

「でもじゃあ、宝田波璃と六角恵美理はどうなったんでしょう？　とくに娘の恵美理は？　やっぱり父親に……」

「警察はご存命とお考えのようです」

「は?」

一瞬、意味がわからなかった。

「……生きてる?」

「わたしと椎奈くんが、六角恵美理さん本人から情報提供を受けたのではないかと疑っているようです。これも知人の記者から教えていただいたのですけど」

「ちょ、ちょっと待ってください。六角恵美理から情報提供?」

「警察が具体的にどのようなストーリーを組み立てているのかはわかりかねます。ですからあくまでも想像になりますが、恵美理さんはご存命で、心境の変化によって当時のことをわたしたちに告白し、遺体を発見させたのではないか、と、そのようなことをお考えのようです。やはり、わたしたちが六角屋敷に侵入した経緯が気になるようですね。管理会社のミスと言い張るのはいささか強引でしたかね」

「いや、おれはぜんぜん六角恵美理なんて知らないですよ」

「わたしにも心当たりはありません。それに六角一家に不幸がつづいたあと、六角屋敷には複数の家族が越してきています。カギも替えているでしょうから、恵美理さんが導き入れたと考えるのは無理があるでしょう」

「もし六角恵美理が生きていて、遺体を見つけさせたいと思ったなら、それこそ匿名で通報すればいいだけじゃないですか。おれたちなんか必要ない」

「わたしも同意見です」

宗司はスプーンを置いて、メガネを外した。ペーパーナプキンでレンズを拭き、かけ直す。

「柴崎刑事と緑川刑事が事件をどのようにとらえているのか定かではありません。ですから、これもわたしの創作なのですが」

宗司はコーヒーのカップに口をつけた。

「一一年前の六月、六角真司さんは塾帰りの亀井有菜さんを連れ去りました。ふたりには面識があったのかもしれません。車で送ろうとでも声をかければ、有菜さんは警戒せず応じた可能性があります。その後、有菜さんはお亡くなりになります。彼は増水した川に有菜さんが落ちたと見せかけるため、彼女の所持品を投げ捨てました。遺体そのものを投げ入れなかったのは、痕跡を懸念したからかもしれません」

「痕跡？」

「皮膚や毛髪、体液が付着していた可能性があるからです」

それは動機にも直結するセンシティブな問題なので、気持ちが重くなる。

「それらの痕跡が証拠としての能力を失うまでは、ぜったいに見つからない場所に遺体を隠す必要がありました」

話しながらレンズを拭いたペーパーナプキンを器用に折りこんでいく。

「そこで遺体を自宅の床下に埋めることにした。このとき、妻のめぐみさんが協力関係にあったのかは不明です。問題は娘の恵美理さんですね。彼女は、父親の犯行を知っていたのか否か？　海老原氏によれば、雨のなか、恵美理さんはバスで帰宅したと警察に話したそうですが」

宗司の手のなかでナプキンはうさぎの形になった。

「知って、しまったから、父親に口を封じられた？」

「ひとつ目の仮説ですね。警察の見立てとは異なり、彼女はもう亡くなっている。その場合、遺体がどこにあるのか依然として謎となりますね。あるいは、殺されそうになったものの生き延びたのかもしれません。これがふたつ目の仮説です」

「けど、それなら警察に駆けこむんじゃないですか？」

「父親をかばったのかもしれません。もしくは覚えていなかったのかも」

「覚えていなかった？」

「父親に命をねらわれ、恵美理さんは瀕死の重傷を負った。しかし幸運にも助かったと仮定しましょう。けれど彼女はなにも記憶していなかった。父親の犯行も。自分が何者なのかも」

あ、と思う。

「記憶喪失」

「彼女は保護され、その後、児童養護施設などで過ごしたのかもしれません」

「そうか。じゃあ一一年前に保護された女の子がいないかどうか――」

「いえ、それなら一一年前の調査で引っかかるでしょう。ですから、この仮説は却下ですね。三つ目としては、彼女自身は事件そのものに無関係であったものの、発覚を予期した両親によってどこか遠くへ避難させられた」

「施設に？」

「であれば、やはり一一年前に判明していたことでしょう。信頼できる方に預けたのではないでしょうか。たとえばご実家などに。真司さんのお父さまはその当時すでに亡くなっていましたが、お母さま――恵美理さんからすればおばあさまは、いま現在もご存命のはずです」

　そういえば資料に書いてあった。六角真司は東北地方の出身だったか。

「六角恵美理は、じゃあ、父方の祖母に育てられたってことですか？　だれにも知られることなく？　匿われていた？」

「だとしたならば、恵美理さんは義務教育を受けていない可能性もありますね。それともべつの身分を用意できたのか……。くり返しますが、すべてわたしの創作ですよ。ですから、四つ目の仮説もやはりフィクションと考えてください」

「六角夫妻は有菜さんを殺害してなどいないのかもしれません」

「四つ目の仮説？」

「亀井有菜さんを死に至らしめたのは、六角恵美理さんだったのかもしれない」

「え」

　ぞくりと、した。

「……事故、で？」

「かもしれませんし、明確な意思による犯行だった可能性もあります。どのような状況で実行されたのかはわかりかねますが」

「まさか……当時、小学三年生ですよ？　おれなんかゲームばっかかして怒られてた。そんな年齢の、子どもが？」

「言ったでしょう？　これはわたしの創作にすぎません。ただ、名倉氏の話を覚えていませんか？　六角恵美理さんが庭に動物を埋めていたという話です」

「え、あ、うん。覚えてる、けど」

「名倉氏の話では、六角家の庭には複数のお墓があったとか。それらは十字架だったそうですね。ところで床下に埋められていた亀井有菜さんですが、同様に十字架が用意されていました」

「亀井有菜を埋めたのは六角恵美理……？」

なぜ？　どうして？

「さすがに小学生には重労働でしょう。まして床下です。家族にバレないわけがない。とすると、六角夫妻が協力したのかもしれません。彼らは娘の犯行を隠蔽しようとした。自宅の床下であれば大災害や家を手放すことがないかぎり遺体は見つからない。そのように考えたのかもしれません。ただ、やはり罪の意識にさいなまれたのか、その後、自ら命を絶つ選択をなさった。あるいは」

「あるいは？」

「両親もまた娘に命を奪われたのかもしれません」

「……そんな」

店内で流れていたピアノの曲がふつりと途切れ、またはじまる。

「当初は隠蔽に加担した六角夫妻でしたが、その後、娘に自首を促したのかもしれません。それにより、めぐみさんは毒性のキノコを食べさせられ、真司さんは赤信号の横断歩道で背中を押された」

「そんなことって……」

「白骨化した有菜さんとともに見つかった指輪は誤って残されたのではなく、恵美理さんが保険として埋めていたとも考えられます」

「父親に、罪をかぶせるために？」

　宗司は肯定も否定もしなかった。

「先ほどの柴崎刑事と緑川刑事のお話には出てきませんでしたが、床下で発見されたご遺骨には炭化したような形跡はなかったそうです。となると、椎奈くんが遭遇した怪異との齟齬《そご》が気になりますね」

　夢のなかに現れた異形は、全身が赤く焼けただれていた。ということは、亀井有菜とは別人なのか？　でも、だったら……。

「それから、いまのストーリーには宝田波璃さんの居場所がありません。情報が少ないので彼女の身になにがあったのか、わたしには見当もつきません。ただ――」

　宗司はぜんざいとソフトクリームをかき混ぜる。

「六角屋敷にまつわるふしぎな符号にお気づきですか？」

「符号？」

「ええ。六角屋敷に関係するひとびとは、家に選ばれているようなのです」

「どういうことですか？」

「六角屋敷と呼ばれるようになったのは屋根の形状とともに、六角一家が住んでいたことに由来します。その後引っ越してきたご家族の名前は匿名化されているためわたしは存じあげませんが、わかっている範囲での関係者の名前が少々ユニークです。たとえば、今回見つかった亀井有菜さんですが」

「はい」

「カメの甲羅は六角形ですよね。古くから亀甲紋として親しまれてきました」

「六角形」

「犯人候補として浮上した蜂巣広樹――ハチの巣もまた」

「……六角形だ」

「その場合、宝田波璃さんも無関係とは思えません。『玻璃』というのは水晶のことです。原子配列の規則性により水晶もまた、六角柱状となります。ただ、宝石の玻璃に使われる『玻』の漢字は人名としては使用できませんので、ご両親は代わりに『波』という字をあてたのでしょう」

一拍置いて、宗司はつづける。

「それからわたしの名前にも使われている『雪』の結晶も正六角形なんですよ。だから、雪は六花とも呼ばれています」

そのくちびるには笑みに似たものが浮かんでいた。メガネの奥の黒々とした瞳は、優しそうなのに、冷たい。白秋の『夜』のよう。

「六角屋敷そのものが関係者を選んでいるようだとは思いませんか？」

「屋敷、そのものが？」

「ゲームでも楽しむように」

駅の改札を出ると、午後五時なのにずいぶん暗かった。分厚い雲が垂れこめ、ひどく蒸し暑い。椎奈は宗司の創作を頭から追い出せずにいた。宗司はここから先は警察の仕事だと言っていたけれど、スイッチをオンオフするように切り替えることなどできない。

六角恵美理は本当に生きているのか？　彼女が亀井有菜に手をかけた犯人なのか？　だとしたらその動機は？　宝田波璃も六角恵美理が消したのか？　遺体はどこにあるのか？　仮に六角恵美理が生きているとして、いまどこに……。

ひょっとすると、とっくに日本を離れているかもしれない。一一年前に小学三年生だったなら、現在は成人しているわけだ。自分と同年代か。それなら海外で暮らしていくこともむずかしくは――と、そこまで考え、心臓が大きく鼓動した。

とうとつに、ひとつの可能性が頭に浮かぶ。

いや待て。ありえない。あるわけない。脈絡がなさすぎる。そう思うのに……。

同年代で、一一年前に若崎市で暮らしていたという人間を、ひとりだけ知っている。水石綺晶だ。そもそも最初に六角屋敷の話題を提供したのは、綺晶ではないか。

よく考えると少しおかしい。彼女は近隣で暮らす少女が三人失踪していた情報をリアルタイムで得ていたはずだ。にもかかわらず、椎奈たちの前で事実とは異なる怪談話を披露した。失踪者の人数も順番も。

意図的に嘘をついたのか？　なんのために？

待て。待て待て待て。違う。飛躍しすぎだ。

彼女と六角恵美理とはどこも似ていない。六角恵美理にあった特徴的な八重歯が、綺晶にはない。同一人物であるはずが……本当にそうか？　歯列矯正をしていたら？　歯並びくらいどうとでもなる。

なぜこんなことを考えているのか。考えるのをやめろ。やめろやめろやめろ。

水石綺晶は子ども好きで、太陽のようなひとで、だれかを傷つけたりできるわけがない。だけど——。

先ほど宗司が指摘していた。

六角屋敷は関係者を選んでいるのではないか、と。

それから、水晶は六角柱をなす、とも。

水石綺晶——きれいな水の石。水晶を思わせる名前……。

冷たい汗が背中を伝い落ちる。

道の端に寄り、スマートフォンで『六角恵美理』の名前で検索し、インターネット上に残されている古い写真を表示させてみた。一一年前にいなくなった当時の彼女だ。ピンチアウトして、食い入るように見つめる。水石綺晶の面影を探す。

似ているところはあるか？　……わからない。同一人物には見えないけれど、それも整形手術で変えていたら――。

「水石綺晶が……六角恵美理？」

自分のつぶやきにぞっとした。すぐさま宗司に電話をかける。けれど応答はない。研究室のほうにかけても同様だった。

「くそ」

来た道を急いで引き返す。

いまの思いつきは単なる自分の創作なのか。宗司に聞いてもらいたかった。いや、否定してほしかった。笑い飛ばしてほしかった。綺晶が六角恵美理だなんてあまりにもバカげている。

もしも彼女が亀井有菜を殺害し、自宅の床下に遺棄した犯人であるなら、どうして椎奈たちの前で六角屋敷の話なんてしたのか？　自ら六角屋敷を話題にすることにメリットなどない。ポーの『黒猫』じゃあるまいし、リスクでしかない。

話したところで現場に向かうだなんて思わなかったから？　少しスリルを味わってみたかっただけ？　あるいは、六角屋敷が、そうさせた？

わからない。わからない。わからない。ひとつも理解できない。

駅にもどったときには肺が破裂しそうなほど息が切れていた。

改札を通り、ひとの波をかきわけて、ちょうどやって来た電車に飛び乗る。

目的の駅でおりて、宗司の自宅を目指してふたたび走った。いま宗司がどこにいるとしても最後はあの家に帰ってくる。必ず会える。

雪代家は照明が灯っておらず、車もなかった。呼吸を整えながら、もう一度、宗司の番号に電話をかけてみる。相変わらず応答はなかった。息をつき、合カギで玄関ドアを開ける。

「おじゃまします」

不在を承知で断り、スニーカーを脱いで家にあがる。明かりをつけながら洗面所へ向かった。顔を洗い、タオルを拝借する。顔をあげた瞬間、鏡の隅で影が揺れたように見え、とっさにふり返る。

「先生？　帰ったの？」

返事はなかった。だれもいない。つばを飲みこむと、きん、と耳の奥で音がする。

六角屋敷で亀井有菜を見つけてからというもの、怪異には遭遇していない。けれど、まだおわっていないのだとしたら……。

事実、消えた三人のうち、ふたりはまだ行方がわかっていないのだ。

椎奈は息を止め、左目に集中した。薄暗い廊下を見つめつづける。

しかし、なにも起きなかった。

止めていた呼吸を再開して肩から力を抜く。いまのは自分が過敏になっていただけらしい。

身をかがめて水道からがぶがぶ水を飲み、口を手で拭う。と、そのとき、ポケットのなかのスマートフォンが振動しはじめた。慌てて取り出すと、画面に『雪代宗司』と表示されていた。

「先生!」

『すみません、椎奈くん。さっきまで提出課題の相談を――』

「話、遮ってすみません。だけど聞いてほしいことがあるんです。事件のことです。先生はもう手を引けって言いましたけど、でも聞いてほしいんです」

『はい。なんでしょう?』

まくしたてるように話す自分と違い、宗司の声は落ちついていた。

「おれ、たぶん、いまから変なこと言います。突拍子もないっつーか。それを冷静に聞いてほしいんです。それで、おかしなところがあったら指摘してください」

洗ったばかりなのにスマートフォンを持つ手が汗ばんできた。スピーカーに切り替えて、手を拭う。

「自分でも、どうかしてるってわかってるんです。でも、なんか急に思いついちゃって。べつに証拠とかないし。つまり、ユキ先生っぽく言えばただの創作で。だから本当のわけないのに、けど、どうしても頭から離れてくれなくて」

『椎奈くん。一度、深呼吸をしましょうか。浅い呼吸は冷静さを失わせます。まずは丁寧に息をしてください。頭がクリアになりますよ』

「ああ、うん」

宗司にうながされて深く息をする。

「警察は、六角恵美理が生きてるかもしれないって考えてる。そうですよね？」

『可能性のひとつとして検討しているはずです』

「先生も」

『わたしのもとにはそれを裏づける証拠も手段もありませんがね』

「もしかしたらですけど、おれ、六角恵美理を知っているかもしれません」

『それは』一度言葉に詰まりながらも宗司はつづける。『どういうことですか？』

「昼間は、あの、知らないって言いましたけど、おれが気づかなかっただけで、六角恵美理はそばにいたのかもって思って」

偶然なのか、それとも——六角屋敷が引き合わせたのか。

「おれが思い浮かべてるそのひとは六角恵美理と似たところはありません。だけど、整形手術で顔を変えていたのかも。だから、むかしの写真を見ても気づかなかったけど、六角恵美理はいま、別人として生活している。星那多大の学生として。六角恵美理は——」

瞬間、右耳のあたりに熱を感じた。え、と思い、手を当てる。遅れて、耳がちぎれるような痛みがやってくる。なにが起きたのかわからなかった。手のひらを目の前で広げると、どす黒く濡れていた。

めまいがして、壁に左手をつく。状況が把握できない。ずるずると、その場にしゃがみこむ。いつの間にか床にスマートフォンが落ちていた。『椎奈くん？　どうしました？』宗司の声が聞こえてきて、そちらに手を伸ばそうとしたところで、うしろから黒い影が覆いかぶさってきた。

あれ？　と思い、ふり返った直後、押し倒される。重い。押し返せない。息ができない。声が出ない。顔が熱い。だれかに首を絞められていた。涙が出てくる。苦しい。と同時にその手のやわらかさを思い知る。視界がかすみ、相手の顔は見えない。世界の輪郭があいまいになる。意識が、

「先生の書く話って暗すぎじゃない？」

そんなふうに話題にしたことがある。

あれは高校二年生のときか。

そのころ椎奈は生まれてはじめて彼女ができて浮かれていた。世界がバラ色に輝いて見え、ひとびとに幸せをわけ与えたかった。

「もっと楽しい話を書けばいいのに。そしたら売れるって。本屋大賞とか取っちゃうかも。アニメ化とか舞台化して印税いっぱいもらえるようなやつ書いてよ」

そのとき読書中だった宗司は本を閉じて、こう答えた。

「『私の目に沁《し》みる風景は、』——」

優しく、穏やかで、けれど、どこか冷たい声だった。

「——『可憐《かれん》な少女がただ狼にムシャムシャ食べられているという残酷ないやらしいような風景ですが、然《しか》し、それが私の心を打つ打ち方は、若干やりきれなくて切ないものではあるにしても、決して、不潔とか、不透明というものではありません。何か、氷を抱きしめたような、切ない悲しさ、美しさ、であります』」

「なんですそれ」

椎奈は訊ねた。

「坂口安吾《さかぐちあんご》がシャルル・ペロオの『赤頭巾』について書いた言葉です」

「赤ずきんって、あの赤ずきん？　グリム童話じゃなかったでしたっけ？」

「グリム兄弟以前にペロオが形にしています。そこでは猟師が登場せず、赤ずきんが狼に食べられておわります」

「げ。それじゃ、ぜんぜん救いがないじゃん」

「はい。そのとおりです。安吾は食べられる赤ずきんと、赤ずきんを食べずにいられない狼、どちらに感情移入したのでしょうね」

「えっと、ごめん、よくわからない。そういうほうがおもしろいって話？」

「いいえ」

宗司は微笑んだ。

「でも、いいんです。わからなくて。それでいい」


泥の底から這いあがるように——椎奈は意識を取りもどした。

ずっしりと体が重く、うまく息ができなかった。まぶたを開けると、あたりはぼんやりとかすんでいた。暗闇のなかにささやかな光源がある。頭の右側がズキズキと痛み、触ってたしかめようとしたら、腕が自由にならなかった。両手がうしろにまわされ、固定されている。足首も同様だ。口のなかの異物感。布のようなものを押しこめられているらしいけれど、吐き出すことができない。

「ん、んん、ん」

口のまわりを粘着テープかなにかで巻かれているみたいだ。そして硬い地面に寝かされている。体を動かすとむき出しの肌に小石が刺さった。

「あ、なんだ。起きたの」

声がした。知っている声だった。よく、知っている。

「もう少し寝ていてくれてもよかったのに」

声が近づいてくる。転がされているそこからでは、相手の姿は見えない。そもそもここがどこなのかもわからなかった。

突然ぐいと髪をつかまれ、顔をあげさせられる。痛みにうめき声が漏れた。

「ごめんな、ウサ」

薄闇のなかで見えたのは、陸井汰角の端整な容貌だった。

「さっき雪白先生に電話でなんて言おうとした？　最後まで聞かないで殴っちゃったけど。おれの名前だった？　それとも、もしかして水石？　そうかなって気もしたんだけど、おれの名前を先生とのあいだで共有されても困るしさ。あ、大丈夫だから。ウサが倒れたあと先生にはフォローのメール送ったし。スマホの調子がわるいから直接会って話したいって」

汰角はきれいに並んだ歯を見せつけるように微笑む。

「場所も指定したから、いまごろそこでウサを待ってるよ。まあでも、このままおまえがいなくなったら先生も不審に思うだろうから、早めに手は打っておく。あ、わるいけど、スマホは壊させてもらった。ＧＰＳアプリ使われても困るし」

なんだこれ。なんなんだよ、これは。

「でもまさか、おまえが有菜を見つけちゃうとは思わなかった。ダメだよ。あんなこと。せっかくパパが埋めてくれたのに」

パパが埋めてくれた？　パパが？　なにを言っているのか、理解できない。

「おまえと雪白先生が有菜の遺体を掘り返したおかげで、みんなが一一年前のことを思い出しちゃったじゃないか」

汰角の顔を見あげる。このひとはなにを言ってるんだ？　パパが埋めてくれた？　パパが……。パパ？　まさか。まさか。まさか。

椎奈は激しく身をよじった。縛られた手首が痛み、荒い鼻息がこぼれる。

陸井汰角が、六角恵美理なのか？　でも恵美理は女の子で、汰角は男で……。男？　本当に？　たしかめたことなどない。もしかして汰角に交際相手がいなかったのは、それが理由なのか？　パートナーに自分の性別を明かすことができないから？　ぜったいにできないということはないだろうけれど、リスクを冒すことはなかった。そういうことなのか？

「まあ、もういいけどな。全部リセットしよう。宇佐見椎奈を消して、雪代宗司も消して、陸井汰角も消えて、それでおしまい」

なんの話だ？　消す？

消すってなんだ？　消すってなんだ？　消すってなんだよ？

「見ろよ。警察が床をはがしたから地面がむき出しになってる」

汰角は周囲に視線をめぐらせた。

「ここは六角屋敷だよ。なつかしいな」

椎奈が寝かされているそこは、土の上でありながら屋内でもあった。スマートフォンのライトを光源として、天井や壁に歪な影ができている。焦げたようなにおいが鼻をついた。

「庭も掘り返されてたよ。なあ、いま、ここほど死体を埋めるのに安全な場所もないと思わないか？　さんざん掘り返したあとなんだから」

「んーっ！　んー、んんっ！」

隣家の名倉に聞こえるようボリュームをあげる。

「いずれこの家だって取り壊される日がくるだろうけど、しばらくは大丈夫だろ。処分するほうがカネもかかるし」

不自由な体でも全力で暴れる。が、すぐさま腹部を蹴られ、体をまるめた。

「知ってる？　口を塞いだ状態でこうやって拷問して嘔吐させると吐しゃ物の行き場がなくて窒息するんだってさ。けど、そんな死に方、嫌だろ？　ウサのことは嫌いじゃない。抵抗さえしなければ、できるだけ痛くないように殺してやるよ」

光を背負って、汰角の顔は黒く塗りつぶされていた。

「残念なのは、雪白夕顔の新作が読めなくなるってことだな。あんなふうに人間の心の黒いところを丹念に書ける作家なんてほかにいない。きっと先生もおれの同類なんだ。……同類だけど、先生はだれも殺さないのか。どこが違うのかな。それとも実は二〜三人やってたりするのかな？　案外、奥さんを手にかけてたり？」

心臓が異様な早鐘を打っていた。全身が燃えるように熱いのに、指や足先が冷たくしびれている。手首の皮がすりむけて痛んだ。少し離れた地面にシャベルが突き立ててある。そばに黒い穴ができていた。

「それじゃあ、さよならだ。ウサ」

ゆらりと汰角の影が覆いかぶさってくる。

涙が出てきた。両親の顔が思い浮かぶ。友人の顔が。綺晶やジウの顔も。

死にたくない。嫌だ。こんなところでなにもわからず、みじめにおわりたくない。

助けて。だれか。助けてくれ。先生。

そのとき。

「椎奈くんをいじめないでいただけませんか？」

新たな声が割って入った。

「あ？」

汰角がすぐさま反応し、椎奈は首だけ起こしてそちらを見る。んーんーと鼻息で呼びかける。鼻水まで出る。うれしさと安堵感。同時に焦燥感。まだ危機的状況を脱してはいない。助かったわけではない。それでも。それでも。それでも。

そこに、派手なシャツを着た白髪の男が立っている。

優しく、穏やかで、けれど、どこか冷たい声の持ち主――。

汰角は素早かった。地面に突き立ててあったシャベルを手にして、構える。

「おどろいた。え、なんで？　どうして雪白先生がここにいるんですか？」

興奮した口調で問いかける。

「おどろきました。マジでびっくりです。ちゃんとフォローのメール送ったのに。読んでないんですか？」

「読みましたよ。でも、椎奈くんとは言葉づかいが違いましたので違和感がありました。予測変換を利用したのでしょうけど、椎奈くんはわたしにあのように丁寧な言葉を使いません。きっと、ほかの方へ連絡したときの記録ですよ。なにより、わたしが椎奈くんの窮地に駆けつけないわけないじゃないですか」

「どうして場所が特定できたんです？　つけられてないのは確認したし、ウサのスマホは壊したからＧＰＳでは追えない。ここは死体を埋めるのに適している場所のひとつではあるけど、ぜんぜんべつの、森とか海に捨てるかもしれないのに」

宗司は汰角の問いには答えなかった。

「可能なら気づかれることなく椎奈くんを救出して立ち去りたかったのですけど、陸井さん……いえ、六角さんがずっとそばにいたので、それができませんでした」

「じゃあ、こうして出てきちゃって、このあとどうするんです？　大声出して助けを呼んでみます？　でも、それだとウサの身の安全は保障できませんけど」

汰角にシャベルの先端を向けられ、冷たい汗が背中を伝う。

「心配いりませんよ、椎奈くん。大丈夫ですから」

言って、宗司は右手を肩より少し上にあげた。なにか握られている。

「取引しましょう。ボイスレコーダーです。取材のときに重宝するんですよ。わたしは機械に疎いのですが、これくらいは扱えます。先ほどのあなたの告白が録音されています。証拠としては弱いかもしれませんが、警察に提出すれば一定の効力はあるでしょう。あなたには不利なものだ。これを差しあげます。椎奈くんと交換でいかがです？　受け取ったあと、あなたは逃げるといい。わたしたちはあなたを追いません。警察にも通報しないと約束します」

汰角は少しのあいだ口を閉ざしていた。椎奈は首をあげる。宗司は微笑を維持したまま汰角を見ていた。静寂が行儀よく降り積もっていく。

「はじめて先生の本を読んだとき」

　突然、汰角が口を開いた。

「おれ、感動したんです。ぼろぼろ涙が出ました。どうして、こんなにおれをわかってくれるんだろうと思いました。どんなひとが書いたのか知りたくて、ほかの著作を集めて、ネットで調べたり、過去のインタビュー記事も図書館とかであさって読みました。先生が大学で教えてると知って、ぜったいその大学に行こうと思いました。おれ、高校行ってないんで、なんとかしないといけなかった。面倒な手続き踏んで受験資格を得るより、すでに合格しているやつの身分を奪ったほうがコスパいいし、それで陸井汰角の名前とポジションをもらいました。ただ、本物の陸井汰角が受かったのって、政経学部だったんですけど」

　汰角は隙間風のような声を漏らす。笑ったのかもしれない。この状況で笑うことができる彼に――彼女に、恐怖を覚える。

「それは光栄です」

「先生の言いかたって、ほんと、心こもってないですよね。そこがいいんですけど。心、どっかに落としてきちゃったんですか？」

「心なら妻に預けたきりでして」

「はは。それなら――」

　体の自由がきかない椎奈の目の前で、汰角はシャベルをふりかぶった。

「奥さんから返してもらうといいですよ」

ふりおろされるシャベルを、宗司は間一髪のところでよける。が、汰角のほうが素早い。バットでもふるように、シャベルを横にスイングする。先端が宗司の左肩に命中して、鈍い音がした。ボイスレコーダーが地面に落ちる。

「んーっ！　んん、んーっ！」

椎奈は全身を使って暴れたけれど、拘束を解くことはできなかった。追い打ちをかけるように汰角がシャベルをふりまわす。先端が宗司の頭をかすめ、メガネが飛んでいった。宗司のほうも防戦一方ではなく、汰角に向かって突撃していく。だが、あっさりとよけられたうえに足をもつれさせ、こちらに倒れかかってきた。

「んんんーっ！」

「いまのはちょっとかっこわるかったですね、先生。運動不足じゃないですか？」

シャベルを肩に担いだ汰角がせせら笑う。

「すみません、椎奈くん」

耳元で宗司がささやいた。その手元がかすかに動いている。

「目を、閉じていてください。見ないほうがいい」

彼の顔は生きていないモノのように色がなかった。やはりシャベルがかすっていたようで額から血が流れている。にもかかわらず、汰角同様、その口もとに笑みが浮かんでいて、椎奈は寒気がした。

　宗司がふり向きざまに右腕をふりあげる。

「――っ!?」

　汰角の顔に小さななにかがぶつかり、落下した。

「って、なんだよ、おどろかせないでください。どんな反撃するのかと思うじゃないですか。なんですこれ？　ペンダント？」

　汰角が拾いあげた物は、椎奈が首にぶらさげていたボトルペンダントだった。

　宗司はそれを引きちぎるために、意図的に倒れてきたのかもしれない。そして、ふたを外し、ペンダントごと投げつけた。

　目を閉じろと忠告を受けていたけれど、もう遅い。

　じくり、と、椎奈の左目が痛む。同時に。

「つっ」

　汰角も自身の顔を押さえていた。その指の向こうで、肉が、歪む。うねり、盛りあがり、左右の目が離れていく。鼻が潰れ、くちびるが垂れさがる。見慣れた『陸井汰角』の顔でなくなっていく。

　椎奈は息をのんだ。

　それは。

女の顔だった。かつて椎奈が取り憑かれた、あの女の。

「なにを、した？　これは」

汰角は宗司を見て、言葉の先を失う。

ぽたり。ぽたり。ぽたり。ぽたり。ぽたり。

宗司の額から流れた血が、頰を伝い、あごの先から地面に滴っていた。

甘い蜜のような雪代宗司の血が。

逝祓式で使う血液が少量に限られていることには理由がある。

あまりにも引き寄せすぎてしまうからだ。

邪気祓いの香による結界など、雪代が流す血の前ではなんの効果もない。

猛毒に焼かれながら、それでも群がり、群がり、群がり、群がり、群がる異形。

あたりの空気が急速に冷えこみ、鼻から漏れる息まで白くなる。

スマートフォンの明かりが点滅しだす。影が、濃くなる。

「どうなってる、なにが起きてる……」

汰角のつぶやき。

ざわ。ざわ。ざわ。ざわ。ざわ。ざわ。ざわ。ざわ。

見えないところでなにかが動いている。波打っている。大量の虫のような。虫よりも大きいような。手のような。手？　手首から先だけのモノがうごめいているような。

指が。指が。指が。うねる。のたくる。絡み合う。目が。たくさんの。目が。見ている。上から下から。右から左から。息づかいがする。生きていないモノのはずなのに。あちこちで。なぜか、ひどく、焦げ臭い。どこからともなく悲鳴が聞こえ、反響する。笑い声が頭蓋骨の内側に入りこんでくる。

――六角屋敷で採取したものとはべつのケガレです。

宗司はそう言ってボトルペンダントを椎奈に託した。その中身がわかった。とっくに処分されたものと思っていた、五年前に椎奈から採取したケガレだ。

そして。

――異なる呪いどうし、反発し合ってくれるでしょう。毒を以て毒を制すというような発想ですね。もちろん混ぜるな危険でもありますけど。

いま、この瞬間、ふたつのケガレが反応し合っている。

「来るな」

女の顔を張りつけたまま、汰角はどろりと濃厚な闇へシャベルを突きだした。その顔に穴が生まれている。穴の向こうからびょうびょうと風の音がする。

「なんなんだよ、どういうトリックだよ。おい！　答えろ！」

彼はいったいだれに問うているのだろう。

椎奈に？　宗司に？　それとも、彼にだけ【視】えている何者かに？

汰角の顔に穴が増えていく。顔以外にも穴が生まれていく。首や腕、椎奈からは見えない胴や脚にも、おそらく。その穴から赤い花が伸びる。汰角の体に赤がまとわりついていく。赤に埋もれていく。甘ったるい果物めいたにおいが漂いはじめる。

「椎奈くん。大丈夫ですか？」

体を起こした宗司が口から粘着テープをはがしてくれる。詰め物を吐き出した椎奈は「先生」と声をあげた。

「説明はあとです。警察を呼んであります。うしろを向いて、動かないでください」

電子ライターを使い、宗司が手首と足首を縛っていたひもを焼き切ってくれる。

「いまのうちに逃げましょう。ここは危険です。立てますか？」

「あ、ああ。うん」

椎奈は涙と鼻水で濡れた顔をこすった。宗司の手を借りて立ちあがる。膝ががくがくしてまっすぐ立てず、ふらついた。汰角はこちらの動向には気づいていない。

「来るんじゃねえよ！」

シャベルを思いきり地面に叩きつけ、ふり返る。その顔を見て、ぞっとした。彼の顔は、いまや赤い花に埋もれていた。服の隙間からも赤い花が大量に伸びている。汰角は大声でわめき散らし、シャベルをふりまわす。

来るな。消えろ。おまえら。なんなんだよ。アリナ。触るな。近づくな。

そして椎奈は目撃した。シャベルを持つ汰角の右手にできた穴が内側からめくれる瞬間を。くるんと。シリコン製の器でも裏返すみたいに。

彼の右手は肘から先がシャベルごと消失している。

「いまのって……」

そのとき、椎奈の視界が塞がれた。宗司の手がそうしたのだ。

「洞窟に食われたのです」

洞窟に食わせたのです、とも聞こえる声の温度だった。

「行きましょう。わたしたちが優先すべきは生き延びることです」

宗司にうながされ、椎奈は奥歯を食いしばる。

穴から抜け出そうとする椎奈たちの耳に、パトカーのサイレンが届いた。

夕顔奇談

中庭の紫陽花が青く濡れていた。朝方に雨が降ったせいでじっとり蒸し暑い。

椎奈は新品のスマートフォンを紫陽花へ向けた。ぱしゃりと疑似的なシャッター音が響く。この音を聞くと、なんだか取り返しのつかないことをしてしまったような気持ちになる。

「隙あり」

「うお」

いきなり膝かっくんを食らい、よろける。

「男子小学生ですか」

ふり返ると、いたずらっぽく笑う綺晶が立っていた。オーバーサイズのカットソーにショートパンツを合わせている。オレンジブラウンの髪が太陽の光を浴びてつやつやと輝きを放っていた。

「紫陽花、きれいだね」

「もう見納めですよね」

「そろそろセミも鳴きはじめるころだしね」

彼女が紫陽花を指先でつつくと、雨のしずくがぱらぱら落下した。

「お、でんでん虫がいる。ほら、ここ。かわいい」

綺晶の細い人差し指が示す先に、大きなカタツムリが見える。

「ああ、ほんとですね」

椎奈は答えつつ微妙に距離を取った。綺晶が椎奈を見る。それからカタツムリを見て、またこちらを見た。にっ、と笑う。

「ウサくん、なに、でんでん虫、怖いの？」

「怖いとかじゃないです」

彼女はカタツムリをつかむと、こちらに突きだしてきた。

「うお」椎奈は思いきりのけぞる。

「必死すぎ」

「男子小学生ですか」


あの日、あの夜。

椎奈と宗司は駆けつけた警察によって保護された。

宗司は汰角に取引を持ちかけていたけれど、実際には逃がす気などなく、事前に柴崎と緑川に電話で伝えていたらしい。もちろん刑事ふたりは、六角屋敷に向かうことを禁じていた。が、それをおとなしく聞き入れる宗司でもない。

宗司には椎奈の居場所がわかった。例のボトルペンダントに導かれたのだ。異なっ、た、ケ、ガ、レ、ど、う、し、は反発し合うがひとつの、ケ、ガ、レ、は、引、き、寄、せ、合、う。あの中身を、宗司はわずかに、自分のもとに残していた。椎奈に持っているように言ったのは、それが理由だったわけだ。

「おれから回収したケガレ、保管してたんだ？」

訊ねると、宗司は「思い出深い品ですから」と笑って答えた。

保護された椎奈と宗司は救急車で病院に運ばれた。椎奈は頭を強く殴られていたものの、脳に異常は見られなかった。

とはいえ、実家に連絡せずに済ますこともできず、すっ飛んできた両親に向かって宗司が頭をさげつづけた。椎奈は経過観察のために入院し、マンションにもどってからは母親の世話となった。

そして、陸井汰角は消えた。あの場から逃げおおせたのか、それとも……。

宗司が提供したボイスレコーダーを聞いた警察は、一一年前の事件の重要参考人として汰角の行方を追っている。

結局、亀井有菜を殺害して埋めたのは六角恵美理だったのだろうか？　その動機は？　六角夫妻の死は事故ではなかったのか？　これまでどのように生きてきたのか？　そもそも、本当に六角恵美理だったのか？

彼が、あるいは彼女が、本物の陸井汰角でなかったことだけは確定している。なごみの活動を記録した写真を見て、家族が別人だと証言した。陸井汰角を騙っていた人物は、大学入学後、さまざまな理由をつけて家族と顔を合わせることを回避しつつ、けれど定期的に連絡は取りつづけた。彼らを安心させることで、自身の安全を確保するために。

改めて身元不明の遺体を中心に調査され、約一年前に神奈川県S市のW川から引きあげられた男性の遺体が本物の陸井汰角だと判明した。

「カフェテリアで水石さんが六角屋敷を話題にしたときは、彼女もおどろいたことでしょう」

入院中のことだ。ベッドで横になってスマートフォンのゲームをしていたら、イスに腰かけて読書をしていたはずの宗司がとうとつに言った。

額の怪我は出血のわりに大したものではなかったらしく、シャベルで殴られた左肩も骨折は免れたという。

「偶然……で済ませるには整いすぎていますね。やはり呼ばれていたのでしょうか。あの場でわたしが取材に向かう旨を口にしたことで、陸井汰角になりすましていた恵美理さんは焦ったのかもしれません。六角屋敷は施錠されていましたし、常識的に考えて床下に潜りこめるわけがないのですが、しかし彼女は、わたしたちの動向が気になった。じっとしていられないほどに」

それも屋敷の導きによるものなのか。

「これは想像——創作ですが、あの日、彼女は、車で移動するわたしたちを尾行していたのではないでしょうか。遠くからわたしたちを観察していたんです」

事故を起こさないよう運転するのに精一杯で、まったく気づけなかった。

「あの日の帰り、車をおりた椎奈くんはスーパーに寄り、その後、奇妙な足音を聞いたとおっしゃいましたね？　あれは怪異の仕業などではなく、陸井汰角さんによるものだったのかもしれません。椎奈くんの左目の感度が鈍かったことが気にかかっていたのですが、そう仮定すれば説明がつきます」

かもしれない。左目が痛んだのは、マンションのエレベーターに乗ってからだ。

「警告の意味をこめて尾行に気づかせたのか、それとも単に気づかれてしまっただけなのかは、判然としませんが」

そうとも知らず、汰角の自宅へ向かってしまったのか……。

「同様に、わたしの家のインターフォンを鳴らしたのも彼女だったのでしょう。あのときも椎奈くんの左目は反応しませんでした。であれば人間の仕業と考えるほうが自然です。ＳＮＳをフォローしていた彼女には、椎奈くんの行動は筒抜けでした。わたしの自宅も調べればわかることとです。彼女としては我々を六角屋敷から遠ざけたかったはずです。が、その思惑とは逆に、まるでなんらかの意図が働いたかのようにわたしたちは六角屋敷へといざなわれ、床下に埋められていた亀井有菜さんの発見へとつながった——と、そんなところでしょうか。もちろん根拠はありませんが」

マスコミが連日のように大学周辺をうろついている。椎奈は応じなかったけれど、インタビューに答えている学生もずいぶんいた。

ジウはショックを受けていた。綺晶もだ。彼女を一瞬でも疑ったことを愚かしく思う。信じきれなかった自分が情けない。名倉の記憶が不正確だったのと同じで、綺晶の記憶も本当にただあいまいだっただけだ。人間は過去の記憶を呼びだすたびに改変を加える。そんなものだ。

あの夜のことについては一度だけふたりに説明をした。もちろん、話せない部分は省いて。ふたりともそれ以上は訊いてこなかった。

綺晶は「恩返しに来いよ」と言って、カタツムリを紫陽花の葉にもどす。

「ちゃんと手洗ったほうがいいですよ」

「はいはい、わかってるって。ウサくんはわたしのお母さんかよ」

綺晶は近くの水道で手を洗い、ハンカチで拭いてから青空を見あげた。椎奈もつられて空を見る。その健全な明るさに目を細める。

「いい天気だね」

彼女はいま、なにをどんなふうに感じているのだろう。こんなに近くにいるのに、自分は水石綺晶ではないからわからない。陸井汰角のことをわからなかったように。わからないものをなんとなくわかったようなフリをして、ごまかしながらやっていくことしかできないのか。

それは、わからなくてもなんとかなるという希望なのか、結局はだれともわかりあえないのだという絶望なのか。

なにかうまい言葉で彼女を支えてあげたいのに、気の利いた言葉はすべて在庫切れで、椎奈はただ「本当にいい天気だ」とくり返した。綺晶は小さく笑う。

「ところで、ウサくん、このあと予定ある？　いっしょにランチでもどう？　今日は特別におごってあげる」

それはこの上なく魅力的な提案だった。けれど。

「すみません。このあとユキ先生のところに行かないとなんで」

「そっか。残念。じゃ、また今度ね」

「はい、ぜひ」

綺晶とわかれ、椎奈は研究棟へ足を進めた。知り合いの先生を見かけたのであいさつし、エレベーターは使わずに階段をあがる。


「これは例によって創作ですが」

両親が病院の受付で料金を払っているあいだ、となりにすわっていた宗司が口を開いた。見なくていいものを【視】ないよう、健康診断のお知らせを眺めていた椎奈は宗司へと視線を移した。

「二一年前、六角夫妻は娘が亀井有菜さんを殺害したと知り、当初はかばおうとしたのだと思います」

「それで父親が床下に埋めた？」

雪代家の浴室から六角屋敷へと意識が飛ばされたときに聞こえていた雨音。そうだ、亀井有菜が失踪した日は雨が降っていた。

「どのような状況で犯行がなされたのか、いまとなってはわかりようもありません。が、有菜さんの所持品を川へ投げ捨てたのは六角夫妻でしょう。その後、一転して娘に自首を促した。人間の心は揺れやすいものです。ただ、恵美理さんは両親の説得に応じず、一度、姿を消している」

「……失踪」

「どこへ身を隠したのか定かではありません。やはり真司さんのご実家だったのかもしれませんね」

「両親が、娘が帰宅しないと警察に相談したのは偽装だった？」

「その意図があったかは疑問です。本当に心配して捜していたのかもしれません。保護されたのちには警察にすべて話すつもりだったのではないでしょうか」

「当時、警察は蜂巣広樹をマークしていて、まさか幼い女の子が犯人だなんて思いもしなかった」

「ええ。自ら姿を消した恵美理さんは、それから一週間後ひっそりと自宅にもどり、母親に一服盛りました。明確な殺意があったのか、警告に留めるつもりだったのか。いずれにせよ、母親のめぐみさんは命を落とされた。父親の真司さんはすぐに察したことでしょう。通報するか葛藤したはずです。亡くなるまでの三日間のタイムラグがそれを物語っているように思います。ですが――」

「六角恵美理に横断歩道で背中を押された」

「ひょっとすると、恵美理さんは父親の前に姿を現したのかもしれません。自首するのでついてきてほしいと申し出たとも考えられます。そうして誘い出し、タイミングをはかって、押した。車ではなく徒歩での移動をうながし、付近の防犯カメラには自分の姿が映らないよう注意し、信号待ちの際も目立たないよう気をつけていた。とすれば、それなりに計画的な犯行だったことになります。あるいは、生気の抜けた父親を尾行し、単純に押しただけかもしれませんが」

「その後、六角恵美理はどうやって生きてきたんでしょう？　さすがに父親の実家へはもどれませんよね？　学校にも行けないし」

「身分を偽り施設で育ったのか、あるいは……」

「あるいは？」

「下世話な言い方になりますが、見ず知らずの少女相手でも、その養育を買って出るおとなもいるだろうという話です」

「ああ……」

「その人物がそれ以後どうなったのか、それもまたわかりません。用済みとなったときに無事でいられるか。そもそも仮定の話ですから、そんな人間は、はじめから存在しなかったのかも。たしかなのは、一年ほど前に彼女が『陸井汰角』を乗っ取った、ということだけです。星那多大学の合格者だったから選んだとのことでしたが、やはり運命的なものを感じます。漢数字の『六』を大字で記すと『陸』ですし、ツノという字は――」

「六角……。屋敷が、選んだのか」

「その意味では、蜂巣広樹が宝田波璃さんを誘拐した件も無関係ではありえません。三人の少女の失踪は宝田波璃さんの事件と亀井有菜さんの事件として、ふたつに分けることができます」

　少し前のこと、偶然で済ませるにはあまりに必然的に、神奈川県内の山中で白骨化した遺体が発見された。

　当初性別すら明らかでなかったものの、所持品から身元が判明した。一一年のときを経て発見された、宝田波璃だった。また現場から押収されたナイフの購入者も特定された。蜂巣広樹だった。

「もしかしたら宝田波璃さんの失踪に触発されて、六角恵美理さんは事件を起こしたのかもしれません。動機は、正直なところ、はっきりしません――が」

宗司はいったん言葉を切り、長い足を組むと、突然べつの話題を口にした。

「実は先日、名倉氏からお電話をいただいたんですよ」

「電話？」

「名倉氏は半世紀ほどあちらに住んでいるとおっしゃっていましたね。六角屋敷が建つ前からあの場所を知っていたわけです。あそこはずいぶん長い期間、更地だったそうです。でも名倉氏は更地になる以前のこともご存じでいらっしゃいました。いまから四〇年ほど前、そこで火災があったそうです」

「え？」

「六角家の件とは無関係だったため伝えそびれていたそうですが、急に思い出したとのことで電話をくださったんです」

あの家でくり返し嗅いだ、焦げたようなにおいがふいに思い出された。

「深夜のことだったそうです。名倉家も燃え移らないよう必死だったとか。幸いにも延焼は免れましたが、一家は全員、お亡くなりになったとのことです。当時の新聞記事を調べてみたところ、たしかにそのような出来事があったようです。ご遺体は一階のリビング部分から発見されました。ただ、その数が、合わなかったんです」

「どういうことですか？」

「ひとり多かったんですよ。一家は五人家族でした。お父さまは市役所に勤めていた公務員で、お母さまは専業主婦でいらした。当時中学生の長男と小学生の長女、それから父方のおばあさま。以上の五名です。しかし六人目の遺体が出てきました。そしてここから先は、新聞記事には出ていないことなのですが――」

宗司はオーケストラの指揮者のようにおごそかに右手をかかげ。

「名倉氏によると当時近所ではもっぱらの噂だったそうです。その人物の首のうしろには、こう」

空中にゆっくりした動作で『△』と描き、同じ場所に『▽』を重ねた。

「星形六角形《ヘキサグラム》が刻まれていたそうです。焼け焦げてなお、それとわかるほどくっきりと」

椎奈は思わずうなじに手を当てた。

「ええ。椎奈くんのうなじに描かれたものもヘキサグラムの一部だったのかもしれません。ナチスによるユダヤ人差別を想起させるせいもあって、現代の日本ではその使用をタブー視する傾向にあります。わたしも編集部から扱いに気をつけるよう注意を受けた経験がありますよ。とはいえ、意匠自体はいまも世界中で使われています。鉤十字と違って、それそのものが差別を象徴するわけではありません」

そこでとうとつに、宗司が歌を口ずさみだした。遊び歌の〝かごめかごめ〟だ。

「ヘキサグラムについて考えていて、ひとつ思いつきました。〝かごめかごめ〟にはさまざまなバージョンと解釈があり、どれが正解かを証明することもできないのですが、この『かごめ』とは、竹や籐《とう》を編んだ籠の網目模様のことだと考えられています。漢字では竹冠の『籠』に『目』で、『籠目』です。これはヘキサグラムがくり返される形をしているんです。むかしから同じ図形の連続文様は魔除けの効果があると信じられてきました」

「魔除け……」

「もしくは魔術的な。くり返されることに意味があるんです。六角形に関連する名前を持つ者が選ばれやすいのも、儀式の効果を高めるためなのでしょう。より強固に。より堅固に。未来永劫、果たされるように。ヘキサグラムは星形五角形《ペンタグラム》と異なり、逆さにしても同じ形状を維持します。ゆえに調和と完全のシンボルでもあります。魔法円の内側にもペンタグラムと同じく利用されることが多い」

「六人目は、なにか魔術的な儀式で、殺された？」

「あるいは」

宗司はメガネの奥の瞳を細めた。

「その人物こそが儀式をおこなったのか。であれば、焼死した一家は儀式に必要な供物だったのかもしれません。性別は女性だったようですが、それ以外の一切が不明です。年齢も、一家とどのようなつながりがあったのかも。名倉氏を含め、近所のだれも六人目の彼女の存在を把握していませんでした。以上のようなことがあり、ずっと更地だったそうです。そこへ六角夫妻が家を建てた。奇妙な屋根の家を」

　左目を閉じると、まぶたの裏にありありと浮かんだ。

　はじめて訪れたときに【視】た、夕日に照らされたように赤い六角屋敷。

　あれは、ひょっとして、燃えていたのか？

「あの屋敷の存在理由、その意義がなんなのか、わたしにはわかりません。なにかからあの地を護るためだったのか、なにかをあの場所へ封じるためだったのか。もしくは、封じられていたなにかを呼び出すためだったのか」

「呼び、出す？」

「籠のなかの鳥はいついつ出やる――出現を待ちわびているようにも聞こえませんか？　四〇年前の儀式が成功したのかは判然としませんが、あの場所が穢されたことは間違いないでしょう。果たして六角恵美理さんは自らの意思で犯行に至ったのでしょうか？　ご友人を手にかけさせ、両親の口を塞ぐよう、彼女をそそのかしたなんらかの要因があったのではないでしょうか？」

　――おれさ、幼稚園くらいのころ近所のお姉さんとよく遊んでたんだよ。

頭のなかで汰角の声がよみがえった。

——本を読んでもらったり、いっしょに泥だんごをつくったり。優しくてきれいな子だった。おれはそのひとが大好きだった。

——あるとき、おれは庭で飛べなくなった鳩を見つけた。六角屋敷では、なぜか植物が枯れ、生き物が寄りつかない。なにかのきっかけで入れたとしても、命を落としてしまう。

——お姉さんはいつもの優しい笑みを浮かべて謝った。ごめんね、この子はもう助けられない、って。お姉さんはおれの目から隠すようにして、その鳩の命をおわらせた。

名倉によれば、かつて庭にはいくつもの十字架の墓があったという。

——ふたりで庭に埋めてあげて、鳩のために手を合わせた。そこに母親が来たんだ。なにをしてるのか訊かれたから、おれは事情を説明した。そしたら、母親がふしぎそうな顔して言うわけ。

——お姉さんってだれ？　ってさ。

汰角が話してくれたイマジナリーフレンドの話。幼いころにだけ見える空想の友だち。でもそれが、空想の友だちなんかじゃなかったとしたら？

とんでもない思い違いをしていたのかもしれない。六角屋敷を訪れてから、身のまわりで起きた一連の怪異は一一年前の失踪事件に由来していると考えてきた。

だけど、失踪事件は全体の一部でしかないのだとしたら？

邪悪な存在がいる。

それはすべてを引き起こした元凶で。

椎奈につきまとい、安定を奪い、周囲を汚染し、ひたすら六角屋敷へと導き——。

いったい、どうするつもりだったのだろう？

耳の奥で歌が聞こえる。なつかしくも悲しげな響き。

と同時に嘲笑を含むような。そうだ。あの声はずっと嘲笑っていた。

なにを？　生きとし生けるものを。


——うしろの正面だぁれ？


椎奈の背後にいたモノは、なんだったのか……。

「でも、どうして一一年も経った、いまごろになって……」

「なぜこの一一年間、六角屋敷が沈黙していたと？」

「え？　いや、だって……」

答えようとして、椎奈はその先を見失った。

「わたしたちが把握していないだけのことではありませんか？　この一一年間、あの建物は取り壊されることなく延命してきたのです。むしろ、あれは旺盛に活動していたと考えるべきではありませんか？　六角一家の不幸のあとに越してきた家族はその後どうしたのでしょう？　いまも無事でしょうか？　事件を起こしたり、事故に巻きこまれたりはしていないでしょうか？　彼らと関わったひとびとは？　屋敷の近所の住民は本当に正気を保っているのでしょうか？　名倉氏は？　彼は奥さまのお話をされていましたね。でも本当に奥さまなんていらっしゃるのでしょうか？　いたとして、いまもご存命なのでしょうか？　少なくともわたしはお会いしていません」

椎奈はなにも言えなかった。

もはや全体を把握することなどできない。できようはずもない。

六角屋敷は、業が深すぎる。

「すみません。怯えさせてしまいましたか」

そこで宗司は口もとを緩めた。

「結局のところ、すべてはわたしの創作ですよ。なんの証拠もありません。一一年前の失踪事件について言えば、真相を解明するのは警察の仕事で、わたしたちにできることはもうありません。ひとつ断言できるのは、あの場所には近づかないほうがいいということです。わたしが首を突っこんだばかりに椎奈くんを巻きこんでしまい、すみませんでした。だからこそ、もうこの件から手を引くことにします。あそこでかつてなにがあったのか、焼死体の女性は何者だったのか、それらを追究するつもりはありません。わたしの手に余ります。椎奈くんもどうか約束してください。もう関わらないと。心残りでしょうが、これ以上はやめていただきたい。お願いします」

椎奈は深く深く息をついた。

「約束する。二度と六角屋敷には行かない。というか頼まれてもごめんだ」

「それが最善です」

こうして六角屋敷にまつわる事件は苦い後味を残し、おわったのだった。

研究棟は建物全体で空調がきいていてどこもかしこも涼しい。椎奈は宗司の研究室の前に立ち、ドアをノックする。返事がないのはいつものことだ。

「ユキ先生、いる？」

カギはかかっておらず、抵抗なく開いた。ひょいと覗くと、部屋の主がデスクに突っ伏して寝息を立てていた。かたわらに、チョコ菓子の箱と灰皿が置いてある。邪気祓いの香が細い煙を立ちのぼらせていた。

「だから禁煙だっての」

椎奈は香の火を消し、窓を開けた。

「先生、原稿あがったの？」

近づいて、チョコ菓子をひとつ口に放りこみ、肩を揺する。

「おーい。起きれー」

宗司は「ん」と甘い声を漏らした。

「ごめん、□□□。ちょっと仮眠を取るだけのつもりだったんだけど」

彼は、彼の妻の名前を呼んで、体を起こした。いつもの口調ではなかった。もっとくだけた、親しげな。

ふだんはあまり考えないようにしている。

でも、ほんのときたま、思う。

彼は椎奈に、もうどこにもいないひとの面影を重ねているのかもしれない、と。

だからこそ、こんなによくしてくれるのではないか……と。

宗司は椎奈を見て、まばたきをくり返すと、ゆっくり笑みを浮かべた。

「すみません、寝不足だったもので」

「べつに。バイトしに来たんですけど、原稿は？」

「あちらに」

いつもの場所に、いつもどおりにクリップで留められた原稿用紙の束が置いてある。

タイトルは「夢屋敷」となっていた。四五枚の短編作品だ。

椎奈は原稿用紙をめくって内容をたしかめる。

男は幼いころからある屋敷の夢を見ている。内覧会のように屋敷の内部をめぐるだけの退屈な夢だ。毎日ではないが、それでも頻繁に。そこに住んでいたことも、訪れたこともないはずなのに、やけに細部まではっきりしている。ドラマや映画で見た場所なのかもしれない。ただ、どういうわけか一カ所だけ、どうしても開かないドアがある。その部屋のなかだけは見ることができない。成長した男は高校を卒業し、大学生になり、就職する。そのあいだも屋敷の夢を見つづける。どこかに実在する場所なのかもしれない。男は夢に出てくる屋敷について調べるが、どうしても見つけることができない。やがて親が亡くなり、男は相続した財産で実際に屋敷を建ててしまう。細部までそっくり同じように屋敷をつくりあげ、男は満足する。ただし、例の開かずの間の内部は再現しようがなく、そこだけはほかの部屋との調和を考えてレイアウトした。ある日、男は夢を見る。そのなかで男ははじめて開かずの間のドアを開ける。そこは男が考えだした部屋そのものだった。違っていたのは、何者かが首を吊っていたということだけ。そこで男は目を覚ます。男はロープを探しはじめる。

「先生、この話、後味わるくない？」

「そうですか？」

「いや、まあ、べつにいいんですけど」

椎奈はかたわらに原稿用紙を置いて、キーボードを打ちはじめた。原稿用紙の文字が細かく振動するたびに、どん、とこぶしを叩きつけておとなしくさせる。

「紫陽花がきれいに咲いていますね」

その声に原稿用紙から顔をあげると、窓辺に寄りかかった宗司が外を眺めていた。

「あぢさゐの花のよひらにもる月を影もさながら折る身ともがな」

「なんですかそれ？」

「源《みなもとの》俊頼《としより》の『散木奇歌集《さんぼくきかしゅう》』に載ってる和歌ですよ。紫陽花の花の隙間から水面へ月の光がこぼれ落ちている。その影ごと切り取っておけたらいいのになあ、みたいな意味でしょうか。紫陽花の歌と言うより、月の歌ですね」

つづけて言う。

「そういえば、先日、編集者さんからおもしろい話を聞かせていただいたんですよ」

「おもしろい話？」

「ええ。その方が幼いころに住んでいた地域には変わった儀式があるんだそうです。健康長寿を願い、お堂のなかでひと晩、花嫁姿の等身大の人形と寝るのだとか」

「花嫁の、人形……」

なぜだか悪寒がした。

左目が、かすかに、うずく。

「外から錠をおろされてしまうので、朝になるまでお堂からは出られないそうです」

「それ、本当に健康を願ってるんですか？　むしろ寿命が縮まりそうだけど。子どもなら泣くって、ぜったい」

「真っ暗なお堂のなかで、ひとの形をしたひとでないものと一夜を過ごさなければならない。なんとも興味深い儀式ですね」

ねえ、椎奈くん、と宗司が呼びかけてくる。

優しく、穏やかで、けれど冷たい声で。

その口もとが、かすかに笑っている。

「ごいっしょにいかがですか？」

引用文献

『北原白秋詩集（上）』「夜」安藤元雄編／岩波文庫
『堕落論』「文学のふるさと」坂口安吾／新潮文庫

本書は書き下ろしです。

雪《ゆき》代《しろ》教《きょう》授《じゅ》の怪《かい》異《い》学《がく》
魔《ま》を視《み》る青年《せいねん》と六角《ろっかく》屋敷《やしき》の謎《なぞ》
にかいどう青《あお》

2024年3月5日初版発行

発行者……加藤裕樹
発行所……株式会社ポプラ社
〒141-8210 東京都品川区西五反田3-5-8
JR目黒MARCビル12階

フォーマットデザイン 荻窪裕司(design clopper)
組版・校閲 株式会社鷗来堂
印刷・製本 中央精版印刷株式会社

落丁・乱丁本はお取り替えいたします。
ホームページ(www.poplar.co.jp)のお問い合わせ一覧よりご連絡ください。

ポプラ文庫ピュアフル

ホームページ www.poplar.co.jp

N.D.C.913/250p/15cm
ISBN978-4-591-18137-9
P8111373

アルバイト先は妖怪の古道具屋さん!?
取り扱うのは不思議なモノばかり――。

峰守ひろかず
『金沢古妖具屋くらがり堂』

装画：烏羽雨

金沢に転校してきた高校一年生の葛城汀一。街を散策しているときに古道具屋の店先にあった壺を壊してしまい、そこでアルバイトをすることに。……実はこの店は、妖怪たちの道具〝妖具〟を扱う店だった！　主をはじめ、そこで働くクラスメートの時雨も妖怪で、人間たちにまじって暮らしているという。様々な妖怪や妖具と接するうちに、最初は汀一を邪険に扱っていた時雨とも次第に打ち解けていくが……。お人好し転校生×クールな美形妖怪コンビが古都を舞台に大活躍！

おひとよし転校生とクールな美形妖怪の
バディ・ストーリー第二弾！

峰守ひろかず
『金沢古妖具屋くらがり堂　冬来たりなば』

装画：鳥羽雨

妖怪たちの古道具――古〝妖〟具を取り扱う不思議なお店「蔵借《くらがり》堂」。このお店は、店主を始め、店員も皆妖怪だった。金沢に引っ越してきた男子高校生の葛城汀一は、普通の人間ながらそこでアルバイトすることに。妖怪である時雨や亜香里たちとともに驚きの毎日を過ごしていた。人と妖がともに暮らす古都を舞台に、出会いと別れを繰り返しながら、汀一と時雨は友情を育んでいく。しかしある日、妖怪祓いをしている少年・小春木祐が現れて、くらがり堂にピンチが訪れる……!?

平安怪異ミステリー、開幕!

峰守ひろかず
『今昔ばけもの奇譚
五代目晴明と五代目頼光、宇治にて怪事変事に挑むこと』

装画:アオジマイコ

時は平安末期。豪傑として知られる源頼光の子孫・源頼政は、関白より宇治の警護を命じられる。宇治では人魚の肉を食べて不老不死になったという橋姫を名乗る女が、人々に説法してお布施を巻き上げていた。なんとかせよと頼まれた頼政だが、橋姫にあっさり言い負かされてしまう。途方にくれているところに出会ったのは、かの安倍晴明の子孫・安倍泰親だった——。
お人よし若武者と論理派少年陰陽師が数々の怪異事件の謎を解き明かす!

ポプラ文庫ピュアフルの好評既刊

舞台にかける夢と友情を描いた、
熱い感動の青春演劇バディ・ストーリー！

辻村七子
『僕たちの幕が上がる』

装画：TCB

ある事件をきっかけに芝居ができなくなってしまったアクション俳優の二藤勝は、今をときめく天才演出家・鏡谷カイトから新たな劇の主役に抜擢される。勝は俳優生命をかけて、初めての舞台に挑むことに。さまざまな困難を乗り越えて、勝は劇を成功させることができるのか？鏡谷カイトが勝を選んだ理由とは――？飄々とした実力派俳優、可愛い子役の少年、不真面目な大御所舞台俳優など、個性的な脇役たちも物語に彩を添える！